NEW LIFE

뉴 라이프 8

초판 1쇄 인쇄일 2015년 5월 21일 ∣ **초판 1쇄 발행일** 2015년 5월 26일

지은이 김연우 ∣ **펴낸이** 곽중열 ∣ **담당편집 팀장** 이범수
편집부 신연제 이윤아 김호성 김은경

펴낸곳 (주)조은세상 ∣ **출판등록** 제 2002-23호
주소 경기도 연천군 미산면 청정로 1355
TEL 편집부 02)587-2966 ∣ FAX 02)587-2922
e-mail bukdu@comics21c.co.kr

ⓒ김연우 2014
ISBN 979-11-5832-086-7 ∣ ISBN 979-11-5512-829-9(set) ∣ 값 8,000원

김연우 현대판타지 장편소설

NEO FUSION FANTASY STORY

8

뉴 라이프
NEW LIFE

북두
㈜좋은세상

CONTENTS

NEO MODERN FANTASY STORY

NEW
LIFE

NEO MODERN FANTASY STORY

뉴 라이프
NEW LIFE

Scene #70 슬아, 결심하다

NEW
LIFE

Scene #70 슬아, 결심하다

2013년 3월 2일. 신화대학교의 새 학기가 시작되었다.

정장을 말끔히 차려입은 윤우가 문리관 7층에서 내렸다. 문리관 7층은 국문과 학과사무실을 비롯해 교수연구실, 도서관, 멀티미디어실 등이 모여 있는 곳이다.

윤우는 이번에 전임교수로 임용되면서 연구실을 종합연구동에서 문리관으로 옮겼다.

문리관은 신축된 종합연구동보다는 시설 면에서 좋지 않지만, 전공 강의실과 각종 편의시설이 모여 있어 전보다 이동하기는 훨씬 편했다.

무엇보다도 학생들과 쉽게 만날 수 있다는 점이 마음에 들었다. 과실과 사물함이 이곳에 위치해 있어 종종 학생들과 인사할 기회가 있었다.

지금처럼 말이다.

"김윤우 교수님!"

"안녕하세요?"

지나가던 국문과 여학생들이 반갑게 인사를 했다. 윤우도 손을 들어 주었다. 자세히 보니 자신의 수업을 듣는 여학생들이었다.

윤우가 웃으며 한 학생을 지목했다.

"인사 잘 한다고 과제 면제되는 건 아니다. 미연이 너, 이번엔 마감시간에 늦으면 안 돼. 알겠어?"

"아하하하. 교수님. 죄송해요. 이번엔 꼭 낼 게요. 저번엔 아르바이트 하느라 정신이 없었다구요."

"좀 더 신선한 변명은 없는 거냐?"

윤우는 농을 건네며 겉으로는 웃었지만 속마음은 편치 않았다.

'한창 공부에 열을 올려야 하는 학생들이 아르바이트에 시간을 빼앗기고 있으니…….'

이것은 학생뿐만 아니라 학교, 그리고 국가 차원에서도 큰 손해다.

모든 것의 원인은 대학 등록금과 생활비에 있었다. 학생들이 감당하기에 너무나 비쌌기 때문이다.

대학의 구조개혁을 위해서는 이러한 문제들도 반드시

해결해야 했다. 물론 아직은 시기상조지만.

"변명 아녜요. 특근 뛰느라 정신이 없었어요. 죄송해요. 교수님."

"알았어. 기다리고 있으마."

그때 다른 여학생이 끼어들었다.

"참, 교수님. 저번에 점심 사주신다고 했는데 언제 찾아 가면 돼요?"

윤우는 휴대폰을 꺼내 일정을 확인했다. 이번 달은 거의 꽉 차있었는데, 이번 주 목요일이 비어 있었다.

"이번 주 목요일에 아무 때나 찾아 와."

"그때 애들이랑 같이 갈게요. 메뉴는 저희들이 골라도 되죠?"

"마음대로."

윤우가 자리를 뜨자 여학생들이 머리를 맞대고 무어라 소곤거리기 시작했다. 웃음소리도 들렸다.

윤우를 험담하는 것은 아니었다. 젊고 훈훈한 인상을 가 진 윤우의 인기는 하늘을 찌를 듯했다.

거기에다 전생의 경험이 더해져 강의력까지 출중했으 니, 그를 싫어하는 학생은 단 한 명도 없었다.

그 장면을 지켜보던 한 여자가 윤우의 앞길을 막아섰 다.

"여전히 인기가 좋으시네요. 부러워 죽겠네."

이준희 교수였다. 붉은색 여성 정장을 입고 있었는데, 제법 관능적인 매력이 있었다.

"인기가 좋으면 뭐 하겠습니까. 유부남인데."

"어머, 선생님이 그런 농담까지 하시고. 요즘 권태기신 가 봐요?"

"그럴 리가요. 그런데 무슨 일이십니까? 아침부터."

이준희 교수는 한국어문학센터장이다. 센터장실이 종합 연구동에 있기 때문에 이곳에 오는 일은 드물다.

팔짱을 낀 이준희 교수가 표정을 불만스럽게 바꾸더니 두어 발자국 가까이 다가왔다. 그리고 투덜거렸다.

"무슨 일이긴요. 그건 제가 물어야 할 말인 것 같은데. 어제 메일을 보냈는데 읽고 회신을 안 해 주셨잖아요. 그 거 꽤 급한 거라고 말씀 드렸잖아요."

"아, 맞다. 미안요. 어제 둘째가 갑자기 아파서 응급실 다녀오느라 좀 정신이 없었습니다. 연구실에서 곧장 처리 해서 보내드릴게요."

가연이는 둘째도 순산했다. 그리고 윤우의 예상대로 둘 째도 딸이었다. 그래서 윤우는 전생의 둘째딸 이름인 '시 은'을 붙여 주었다.

둘째 아이가 딸이라는 소리를 처음 들었을 때, 윤우는 어쩌면 전생이 그대로 반복될지도 모른다고 생각했다. 아 이들이 태어난 날도 같고, 성별도 같았으니까.

그리고 시간이 흘러 둘째를 꼭 닮은 아이가 태어났을 때, 윤우는 진정으로 감격했다. 30년이 걸려서야 손에서 놓쳤던 두 딸아이를 온전히 되찾은 것이다.

이준희 교수가 걱정스레 물었다.

"많이 아팠던 거예요?"

"열이 심했어요. 폐렴기운도 있고. 병원에 어제 하루 꼬박 입원해 있다가 퇴원했습니다. 지금은 괜찮아요. 너무 걱정 안 하셔도 됩니다."

"다행이네요. 그럼 연구실에서 기다리고 있을 테니 바로 처리해 주세요."

이준희 교수와 헤어진 윤우는 연구실 안으로 들어갔다. 갓 내린 고소한 커피향이 연구실 안을 가득 메우고 있었다. 윤우는 이 냄새가 제일 좋았다.

"어서 오세요. 선생님."

"그래."

김준호 조교가 깍듯이 인사를 했다. 그는 한국어문학센터 조교에서 물러나 윤우의 개인 조교가 됐다. 그리고 지난해 석사논문을 쓰고 지금은 박사과정에 입학해 있다.

신화대학교 교수연구실은 무척 넓은 편이기 때문에, 윤우는 책상 하나를 더 들여와 김준호가 편히 공부할 수 있게끔 배려했다. 윤우는 그를 수제자로 키울 생각이었다.

"커피 지금 막 내렸는데 한 잔 드릴까요?"

"좋지. 그전에 잠깐 이리 앉아 봐라."

김준호가 얌전히 소파에 앉았다. 조금 긴장한 낯빛이었는데, 윤우가 이렇게 따로 부르는 날에는 뭔가 중요한 말을 꺼냈기 때문이었다.

윤우가 편히 앉아 물었다.

"어때? 박사과정 시작한 기분이."

"아직은 잘 모르겠습니다. 석사 때랑 비슷한 거 같아요. 아무래도 자대생이다 보니 적응 같은 걸 할 필요가 없어서 그런 것 같기도 하고."

"뭐, 지금도 열심히 하고는 있지만 박사 때는 더 집중을 할 필요가 있어. 지금 가입한 학회는 몇 개나 되지?"

"아직 하나뿐입니다."

"세 개로 늘려. 그리고 발표 신청도 간간이 하고. 한 학기에 KCI 등재지에 논문 하나 정도 게재하는 걸 목표로 해봐. 조금 힘들긴 하겠지만 나중에 분명 도움이 될 거다."

"아, 예……."

"왜. 너무 부담되나?"

"아뇨, 아닙니다. 해보겠습니다."

쉽지 않은 일이었다. 박사과정 수업도 있고, 또 학위논문을 틈틈이 준비하는 와중에 따로 학술지에 발표할 논문을 써야 한다는 이야기니까.

하지만 김준호는 긍정적으로 받아들였다. 그는 윤우에게 무조건 충성했다. 자신을 실력 있는 학자로 키워줄 수 있다는 굳은 믿음이 있었기 때문이다.

"그리고 다음 학기에 강의 하나 줄 테니 한번 해보는 게 좋겠다."

"벌써요?"

"일찍 경험할수록 좋아. 강의하다보면 논문 아이디어를 찾기 수월하거든. 강의 편성은 내가 서경석 선생님께 말씀을 드려 볼 테니 걱정 말고 있어."

"알겠습니다."

"그럼 얘기는 여기까지. 질문은?"

"없습니다."

"그래. 가서 볼일 봐."

자리로 돌아온 윤우는 커피를 마시며 신문을 펼쳤다. 주된 관심사는 교육면이었는데, 최근 강사법 개정으로 인한 잡음이 많아 관련 기사가 자주 보이고 있었다.

이 모든 현상의 근저에는 시간강사에 대한 차별이 깊게 뿌리를 내리고 있다. 실제로 대학의 절반 이상의 강의를 담당하는 사람들인데, 처우가 너무 열악한 것이다.

얼마 전에는 지방대에서 중년의 시간강사가 목숨을 끊은 사건도 있었다. 그러다보니 시간강사의 처우에 대한 관심이 사회적으로 점점 확산되고 있는 상황이었다.

'정부뿐만 아니라 사학재단에서도 적극적으로 나서서 해결법을 찾아야 하는데…… 당분간은 어렵겠지. 누군가 나서지 않는 한은 힘들 거야. 섣불리 손대기 힘든 부분이니까.'

기사를 보며 윤우는 하루빨리 힘을 키워야겠다고 생각했다. 그래야 이 썩어빠진 학계를 바꿀 수 있을 테니까.

그때 연구실 문이 열리더니 누군가가 들어왔다. 김준호가 웃으며 인사를 하는 걸 보니 윤우도 잘 아는 사람인 모양이다.

"아침부터 웬 신문이야? 안 어울리게."

김승주가 시비조로 말했다.

갈색 정장을 입은 그는 이제 제법 관록이 있어 보였다. 승주는 윤우보다 1년 늦게 박사학위를 받았고, 지금은 신화대에서 시간강사로 활동하고 있다.

승주는 서류가방을 소파에 던지고 털썩 주저앉아 한숨을 내쉬었다. 윤우는 신문을 접고 자리를 옮겼다.

"너야말로 아침부터 웬 한숨이냐?"

"그냥. 그나저나 이거 손님 접대가 시원찮네. 나 같은 고급인재를 신화대로 끌어들였으면 제대로 대접해 줘야 하는 거 아니냐? 준호 넌 어떻게 생각해?"

"그, 글쎄요."

마실 것을 준비하던 준호가 괜히 덤터기를 썼다. 윤우는 피식 웃었다.

"애꿎은 준호 그만 괴롭히고, 무슨 일이야?"

"멍청하게 내 연구실 열쇠를 안 가져왔거든. 갈 곳이 없어서. 만만한 데가 여기밖에 없잖아."

신화대학교는 사립대 중 유일하게 시간강사를 교원으로 인정해 주었다. 그래서 개인 연구실도 제공해 준다. 승주의 연구실은 종합강의동에 위치해 있다.

"학과 사무실 가서 복사키 달라고 해. 여분 있을 거다. 아마."

"그래? 이따 들러야겠군. 참, 얼마 전에 한국대에 오랜만에 갔었는데, 송현우 선배한테 재미있는 소리 하나 들었어."

"뭔데?"

윤우는 흥미가 동했다. 박사학위를 딴 이후로 한국대에 거의 가질 않아서 그쪽이 어떻게 돌아가고 있는지 거의 몰랐기 때문이다.

잠시 뜸을 들이던 승주가 입을 열었다.

"서광필 선배 알지? 왜 있잖아, 예전에 남재창 선생한테 붙어먹던 사람."

윤우는 고개를 끄덕였다.

잊을 수 없는 이름이다. 전생에 자신에게 큰 원한을 지게 한 사람이니까.

"윤민수 선생님한테 완전 찍혀서 아직까지도 시간강사 생활에서 벗어나지 못하고 있는 모양이더라. 윤민수 선생님이 다른 대학에 다 손을 썼나봐. 이제 강의도 받기 어려워졌대."

"그래?"

서광필 교수의 나이가 마흔이 넘었다. 강의전담교수 보직도 받지 못하고 시간강사 생활을 이어간다면, 이제 미래는 끝났다고 봐도 좋았다.

"생활이 엄청 힘들어졌다고 하더라. 차성빈 교수님께 돈도 빌려간 모양이던데?"

"그럴 수밖에. 강의도 많이 잘렸을 테니. 윤민수 선생님께 찍혔다면 이제 국내 대학에서 강의는 못 한다고 봐야지. 이 바닥이 좀 좁아?"

승주가 고개를 갸웃했다.

"이상하네."

"뭐가?"

"남 일처럼 말하는 게 좀 이상해서. 너 시간강사 이야기 나올 때면 늘 자기 일처럼 반응했잖아. 서광필 선생님하고 개인적으로 원한이라도 있나?"

"아니, 그냥."

윤우는 애써 모른척하며 시선을 돌렸다. 말하고 싶지 않은, 말할 수도 없는 과거였다.

'아마 그때였겠지. 나선의 변곡점이 시작된 지점이⋯⋯.'

윤우는 회귀 후 서광필 교수와 처음 만나던 그때를 떠올렸다. 연수대학교에서 열린 국제비교문학회 학술대회에서 발표자와 토론자로 만났었다.

그때의 일이 각자의 미래에 영향을 끼쳤던 것이 분명하다. 승리를 거둔 윤우는 신화대에 자리를 잡았지만, 서광필 교수는 낙오자의 길을 걷고 있다.

처음엔 업보라고 생각했었다. 과거에 지은 죄를 현생에서 치르는 것이라고.

하지만 막상 서광필 교수가 그렇게 어려워졌다는 얘기를 들으니 마음 한쪽이 불편해졌다. 그 또한 결과적으로 타락한 학계의 희생자였으니까.

왠지 분위기가 무거워졌다.

윤우의 눈치를 보던 승주는 음료수를 깨끗이 비우고 화제를 돌렸다.

"그리고 말이다. 송현우 선배 5월에 결혼한다고 하더라. 요즘 그래서 좀 정신이 없으신가 보더라고."

승주는 서류가방에서 청첩장을 하나 꺼내 윤우에게 건넸다. 윤우는 카드를 꺼내 내용을 살펴보았다. 하지만 이미 아는 내용이었다.

"전에 대강 들었어. 은하 누나한테. 근데 넌 뭐 좋은 소식 없냐?"

"나? 아직 멀었지. 소영이가 결혼 얘기 슬쩍 하긴 하는 데, 돈 좀 더 모아야 할 거 같아서. 요즘 전셋값이 장난이 아니잖아."

승주는 아직까지 정소영과 인연을 이어오고 있었다. 햇수로 10년째. 신기한 일이다. 이쯤 되면 결혼 이야기가 안 나올 수가 없겠지.

시계를 힐끗 바라 본 승주가 소파에서 일어섰다.

"이제 슬슬 강의 가봐야겠다."

"까먹지 말고 학과 사무실에 들러서 키 받아 가."

"알았다."

승주가 나가자 윤우는 다시 책상으로 돌아와 컴퓨터 앞에 앉았다. 그리고 어제 이준희 교수가 보낸 메일을 체크하고, 그녀가 원하는 대로 회신을 주었다.

그때 전화벨이 울려 윤우가 수화기를 들었다.

"네, 김윤우입니다."

- 좋은 아침입니다. 민경원입니다.

"예, 총장님. 안녕하세요. 아침부터 전화를 다 주시고. 무슨 일이십니까?"

민경원 총장은 작년에 임기가 끝났지만, 이사회의 결정으로 총장직이 연임되었다. 신화대학교의 중장기 발전을 위한 결단이었다.

당연히 윤우는 기뻐했다. 이준희 교수를 포함한 루나 클럽의 다른 교수들도 환영했다. 신화대는 제2의 도약기를 맞이하고 있었다.

– 다른 일은 아니고, 혹시 지금 시간이 괜찮으신가 해서 전화를 했지요.

"별일은 없습니다. 강의는 오후에 잡혀 있어서요. 총장님 시간 괜찮으시면 지금 찾아뵐까요?"

– 그래 주시면 좋겠군요.

"예, 바로 가겠습니다."

전화를 끊은 윤우는 즉시 연구실을 나서 총장실로 움직였다. 비서에게 목례를 하고 노크를 하니 안에서 들어오라는 목소리가 들렸다.

"오랜만에 뵙습니다."

"그러게요. 방학 땐 통 못 만났는데, 잘 지내셨지요?"

"예, 잘 지냈습니다."

총장에게 목례한 윤우가 소파 쪽으로 시선을 돌리는 순간, 그는 깜짝 놀라고야 말았다. 슬아가 그곳에 앉아 있었기 때문이었다.

슬아는 작년 12월부로 한국어문학센터 자문교수직에서 물러났다. 그랬기 때문에 그녀가 이곳에 있을 이유는 조금도 없었다.

"네가 왜……."

슬아는 아무런 대꾸 없이 그저 웃기만 했다.

윤우는 몇 가지 가능성을 머릿속에 그려 보았다.

크게 두 가지 정도로 압축할 수 있었다. 특별한 용건이 있어서 왔거나, 아니면 단순히 총장과 이야기를 나누기 위해 방문을 했거나.

그런데 후자라면 민경원 총장이 이렇게 따로 부르진 않았을 것이다. 면담을 마치고 슬아가 자신의 연구실로 찾아오는 선에서 끝났을 터.

결국 남는 것은 특별한 용건이 있어서 이곳에 왔다는 것인데.

'설마…… 이 녀석.'

윤우의 머릿속에 결정적인 생각이 떠올랐을 때 민경원 총장이 그 의문을 해소해 주었다.

"윤슬아 선생께서 이번 학기부터 우리 대학에서 강의를 하게 됐습니다."

"네?"

"아, 제가 설명을 좀 부족하게 했나보군요. 다시 말해, 윤슬아 선생님께서 우리 학교 영문과 교수로 임용이 되셨다는 말입니다."

눈을 깜빡거리며 슬아를 쳐다보는 윤우. 그것은 너무나 갑작스러운 얘기였다.

대학을 옮기는 것은 간단한 일이 아니다.

더구나 슬아가 몸담고 있던 곳은 국내 최고학부인 한국

대학교.

그곳에서 이제 막 성장하기 시작한 신화대로 옮겼다는 것은 누구에게나 쉽게 납득이 가지 않는 일이다.

"왜 그동안 나한테 아무런 얘기도 안 한 거야?"

"그냥, 놀래키고 싶어서?"

"뭐?"

슬아의 얄미운 미소를 보니 헛웃음이 나왔다. 고작 그런 이유 때문이었다니. 나이는 서른이나 먹었는데 뭔가 학창 시절로 돌아간 그런 느낌이다.

그래도 싫지 않았다.

앞으로의 계획을 추진하는 것에 있어 그녀의 도움이 꼭 필요했기 때문이었다.

민경원 총장이 팔을 벌리며 나섰다.

"자, 그러지들 말고 이제 앉지요. 나이를 먹었더니 서 있는 게 여간 힘든 게 아닙니다. 하하하."

세 사람은 자리에 앉아 본격적으로 이야기를 나눴다. 민경원 총장은 일부러 화제를 꺼내지 않고 기다렸다. 아직 두 사람이 풀어야 할 문제가 있었으니까.

"그건 그렇고, 우리 대학으로 왜 이직했는지 해명해 봐."

윤우의 말에 슬아가 새침하게 바라보며 대꾸했다.

"아까 했잖니. 놀래켜 주려고 그랬다고."

"아니, 그거 말고. 장난이 아니라 진지하게 묻는 거야. 내 입장에서는 너무 갑작스러운 결정 같아서."

"그건······."

슬아는 잠시 말을 줄였다. 숙고하는 만큼, 그녀도 충분히 생각을 하고 내린 결정이었다.

"한국어문학센터 일을 시작한 게 결정적인 계기가 됐어. 좀 부끄러운 말이지만, 내가 교수로 임용된 이후 처음으로 즐거움을 느꼈던 것 같아. 그러다보니 이런 생각이 들더라. 내가 왜 교수가 되려고 했을까 하는."

슬아의 눈빛이 진지해졌다. 그녀를 바라보는 윤우의 눈빛도 마찬가지였다.

사실 슬아는 윤우에게 영향을 받아 교수직을 선택한 것이었다. 하지만 지금 그녀의 설명은 윤우 외의 다른 의미를 찾았다는 뜻이기도 했다.

"나도 모르는 사이 내 직업에 책임감을 느끼기 시작한 것 같아. 내 행동이 누군가에게 영향을 줄 수 있다는 걸 확실히 알았거든. 그 사람들을 생각하니 쉽게 여길 수가 없었어."

"그랬구나."

윤우는 그녀의 입장을 충분히 이해했다.

슬아도 한국대에서 교수 생활을 하며 성장을 한 것이다. 그런 와중에 한국어문학센터에서의 새로운 경험이 성장의 촉매가 되었을 것이고.

"이 정도면 충분한 답변이 됐겠지?"

"그래."

슬아는 부끄럽게 머리를 숙였다. 양쪽 볼이 조금 붉어져 있는 것 같다. 오랜만에 보는 슬아의 순진한 모습에, 윤우는 소감을 짧게 말했다.

"너, 성장했구나."

"뭐?"

"많이 성장했다고. 내가 이런 말하면 뭔가 우습게 들릴 수도 있겠는데, 이제 너 보고 있으면 진짜 교수가 된 것 같은 느낌이 들어."

"으음, 저도 그렇게 느껴지는군요. 한때 저도 그럴 때가 있었지요."

경험이 많은 민경원 총장은 그 말을 십분 이해했다. 비단 교수직만이 아니다. 무슨 일이든 다른 사람의 입장을 고려한다는 것은 쉬운 경지가 아니다.

다시 말해, 슬아는 직업으로서가 아니라 인간으로서 교수라는 단어의 무게를 생각하기 시작한 것이다.

슬아는 아직 젊었다. 윤우가 하는 말이 구체적으로 어떤 의미인지는 잘 이해하지 못했지만, 칭찬을 들은 것처럼 가슴이 뿌듯해졌다.

"확실히 일개 조교수가 할 말은 아닌 것 같네."

"그런가? 하하하."

윤우는 오랜만에 유쾌하게 웃었다. 그와 눈을 마주하던 슬아도 환하게 미소를 지었다. 민경원 총장의 눈에도 두 사람은 참 잘 어울려 보였다.

"사이가 참 좋아 보이는군요. 이거 김 선생 사모님께서 아시면 질투하는 건 아닌가 걱정이 들 정도입니다."

"아내와 윤 선생도 친한 친구 사이예요. 그러니 걱정하실 필요는 없습니다. 오히려 걱정되는 건, 이 친구도 이제 슬슬 시집을 가야 하는데…… 누가 데려가려나 모르겠다는 점이네요."

슬아의 표정이 순식간에 차갑게 변했다.

"뭔가 비아냥거리는 것 같은데?"

"기분 탓이겠지. 내가 왜 비아냥거리겠어?"

민경원 총장이 슬아를 주목했다.

"말이 나와서 말입니다만, 윤슬아 선생님께서는 결혼 계획이 어떻게 되시는지? 올해 서른이시면 슬슬 계획이 잡혔을 것 같습니다만."

"전 독신으로 살 거예요. 연애라면 모를까. 결혼에는 조금도 관심 없어요."

"아, 그렇습니까? 하긴. 여자 교수님들 중에는 독신으로 생활하는 분들이 꽤 많으시지요."

하지만 윤우는 벙 찐 얼굴로 슬아를 바라보기만 했다.

15년 이상 함께 했지만 슬아가 독신주의자라는 사실은 지금 처음 들었다.

그때 윤우의 머릿속에 떠오르는 한 남자.

"강준혁 선생님은 어쩌고?"

"그냥 친한 오빠일 뿐이야. 그리고 김윤우. 여기 총장님도 계신데 너무 사적인 이야기는 하지 않았으면 좋겠어. 실례야. 알아들었니?"

"그래. 미안하다."

"아아, 전 괜찮습니다. 오히려 이런 개인적인 이야기들이 나와야 가슴 터놓고 이야기를 나눌 수 있는 법이지요. 밤이라면 술이라도 한잔 기울이면 딱 좋겠습니다만."

한참 선배인 민경원 총장은 흐뭇한 표정으로 두 사람을 지켜보았다. 두 사람이 힘을 합치면 신화대의 미래도 조금 더 밝아질 것이라 굳게 믿었다.

어느 정도 분위기가 정리되고, 민경원 총장이 윤우를 바라보며 화제를 돌렸다.

"일이 잘 풀려서 드리는 말씀인데, 윤슬아 선생님을 모시기가 참 어려웠습니다. 제갈량을 찾아간 유비의 마음으로 계속 귀찮게 청을 드렸었지요. 삼고초려가 아니라 칠고초려라고 할까요? 하하하."

"안 그래도 예전에 고민을 많이 하더라고요. 한국대로 갈 건지 신화대로 갈 건지."

"김 선생님은 어떤 대답을 주셨습니까?"

"한국대로 가라고 조언해 줬죠."

"허, 이거 들으니 좀 서운하군요. 어쩐지 윤 선생님이 너무나 단호하게 거절한다 싶었습니다."

"애초에 저희들은 한국대 교수가 목표였으니까요. 하지만 이제 이렇게 모였으니 지나간 과거에 불과하겠지요."

"맞습니다. 지금이 중요한 거겠지요."

슬아는 멋쩍은 미소를 지었다. 확실히 이번 이직엔 민경원 총장의 정성이 크게 작용했다.

그는 포기를 모르는 남자였다. 일곱 번에 걸쳐 설득을 했고, 그때마다 고민을 해야 했다. 아무튼 여러모로 대단한 사람이다.

"네가 선택한 일이니 잘 됐으면 좋겠다. 새삼스럽긴 하지만 앞으로 잘 부탁해."

"나도."

두 친구가 가볍게 악수를 했다. 이어 민경원 총장이 두 손을 모아 쥐며 말했다.

"자, 그럼 본격적으로 이야기를 시작해 볼까요?"

"본론이 아직 남아 있었습니까?"

"물론이지요. 윤 선생님을 우리 대학으로 모셨으니 더 큰일을 추진해 봐야지요. 강의만 부탁드리기에는 두 선생님들의 능력이 너무 아깝지 않습니까?"

민경원 총장의 두 눈에 자신감이 가득 찼다.

도대체 무슨 일을 계획하고 있는 걸까.

그런 호기심을 품으며, 윤우는 이어지는 민경원 총장의 말에 귀를 기울였다.

"네에? 국제어학원으로 바뀐다고요?"

"바뀐다기보다는 통합이라는 표현이 어울리겠네요."

"그게 그거죠. 그런데 무슨 협의도 없이 이렇게 중요한 일을 일방적으로 결정하는 거예요?"

윤우에게 소식을 들은 이준희 교수는 못마땅한 표정을 지었다. 한국어문학센터를 국제어학원으로 개편한다는 제법 충격적인 내용 때문이었다.

슬아가 한국어문학센터 자문교수로 일하며 미국에서의 사업을 성공시킨 게 원인이었다. 그러다보니 미국 대학에서 역으로 신화대에 영어 교육을 제안해 오고 있었다.

하지만 한국어문학센터에는 한국어 관련 강좌만 개설되어 있기 때문에 받아들이기가 어려웠다. 이를 '국제어학원'이라는 새로운 기관으로 통합하여 해결하려는 것이다.

민경원 총장이 슬아를 초빙한 이유가 바로 거기에 있었다.

국제어학원의 분야가 크게 한국어와 영어로 나뉜다면, 그중 영어 파트를 슬아에게 맡기려고 한 것이다.

슬아는 이미 자문교수로 활동하며 그 능력을 입증해 보였기 때문에 그 누구도 이의를 제기하지 않았다.

윤우가 두 손을 들어 이준희 교수를 진정시켰다.

"통보는 아닙니다. 아직 계획 수립 중이니까요. 우리 의견이 반영될 여지는 충분히 있어요. 그러니 너무 부정적으로 보실 필요는 없습니다."

"부정적으로 보는 게 아니라, 그냥 방식이 마음에 안 들었을 뿐이에요. 적어도 이런 건 관계자들 불러놓고 상의해야 하는 거 아닌가요?"

이준희 교수의 툴툴거림은 계속되었다. 전임교수가 된 이후로 더욱 까칠해진 그녀였다.

서른 살이 넘도록 시집을 못 가서 이런 데에서 히스테리를 부리는 걸까. 최근 불만을 토로하는 일이 잦아진 것 같다.

내심 한숨을 쉰 윤우가 추가로 설명했다.

"아직 아이디어 단계라서요. 내년 개원을 목표로 계획 수립이 될 겁니다. 별도로 건물을 건설한다고 말씀하시더군요. 참고로 대외비입니다. 선생님만 알고 계세요."

"그럼 국제어학원장은 누가 맡아요?"

"그것도 미정입니다. 그때 가봐야 알겠지요. 한국어 파

트는 이 선생님이 계속 담당할 수 있도록 노력해 보겠습니
다."

팔짱을 낀 이준희 교수는 미간을 찌푸렸다. 한국어문학
센터를 여기까지 키워 놨는데 통합 기관으로 흡수된다는
것이 마음에 들지 않았던 것이다.

그때 문이 열리더니 슬아가 안으로 들어왔다.

"오랜만이에요. 이 선생님."

"아, 예."

이준희는 어색하게 대꾸했다. 슬아의 대단한 능력을 알
고 난 뒤로, 이준희는 더욱 그녀를 경계했다. 아무래도 경
쟁자로 인식하고 있는 것 같다.

처음 윤우는 왜 그러는지 이해하지 못했다. 슬아가 여자
들 사이에 있는 묘한 감정에 대해 설명해 주지 않았더라면
평생 이해하지 못했을 것이다.

이준희 교수가 쌀쌀맞게 물었다.

"그런데 센터엔 무슨 일로 오셨어요? 한국대도 오늘 개강
을 한 걸로 알고 있는데. 그쪽은 한가한가 보네요. 부럽다."

"인사드리려고 왔어요. 오늘부터 신화대 영문과에서 강
의하게 됐습니다. 앞으로 잘 부탁드려요."

이준희 교수가 시비조로 말했지만 슬아는 의연하게 악
수를 청했다.

이준희 교수는 깜짝 놀랐다.

"그게 사실이에요?"

"제가 선생님께 거짓말을 할 이유가 있나요?"

"그건 아니지만, 왜 학교를 옮기셨어요? 다들 한국대 교수 하고 싶어서 안달이 난 상황인데. 학교에서 무슨 문제라도 있으셨어요?"

"나중에 천천히 말씀드릴게요. 그보다 김 선생 좀 빌려가도 되죠? 이것저것 물어볼 게 많아서."

"예, 뭐. 그러세요."

이준희 교수는 뭔가 진 것 같은 느낌이 들었지만, 윤우를 붙잡을 적당한 핑계가 없었다.

그렇게 윤우는 슬아와 함께 센터장실을 나섰다.

복도를 걸으며 윤우가 말했다.

"물어볼 게 뭔데?"

"그냥 핑계야. 같이 점심이나 먹자고 불러낸 거야."

"너 방학 사이에 뭔가 좀 변한 거 같다?"

확실히 그랬다. 조금 자신감이 생겼다고 할까.

아까 총장실에서도 그렇지만 표정이 다양해지기도 했다. 보다 자신의 마음을 표현하는 데 익숙해진 것이다.

윤우는 힐끗 슬아의 옆모습을 바라보았다. 입가에 걸린 잔잔한 미소. 기분이 굉장히 좋아 보인다.

"변한 게 뭐 있겠니? 새 직장에 와서 좀 들떴던 모양이지."

"아무튼, 점심 먹을 거면 이 선생도 같이 가는 게 좋지 않나?"

슬아는 단호히 고개를 저었다.

"내가 있으면 이 선생님이 불편해하시겠지. 차라리 따로 먹는 게 나아."

"나 참, 애들도 아니고. 언제까지 기 싸움이나 하고 있을 건데?"

"그거야 이 선생님 하기 나름 아니겠어?"

아무래도 슬아는 이준희 교수와 쉽게 친해질 생각이 없는 것 같았다.

윤우는 중간에 낀 입장이다 보니 난처할 때가 많다. 앞으로는 더욱 그럴 것이다. 슬아가 아예 신화대로 적을 옮겼으니 부딪칠 일이 많아지니까.

"그럼 승주나 부를까? 지금쯤 강의 끝났을 거 같은데."

"그래."

윤우는 바로 승주에게 전화를 걸었다. 마침 수업이 끝났는지 바로 전화를 받았다. 그리고 합류 의사를 밝혔다.

그렇게 교직원 식당으로 움직이는 와중에 윤우는 뜻밖의 손님을 만났다. 뜻밖이라기보다는, 불청객이라고 해야 정확할 것이다.

"이거 오랜만이야. 윤우 후배."

"선생님. 여긴 어쩐 일로……."

그는 다름 아닌 전생의 지도교수였던 서광필이었다. 낡은 정장과 부스스한 머리카락이 그의 최근 근황을 대신 설명해주고 있었다.

추레해진 모습을 보니 안쓰러운 마음이 생겼다. 하지만 윤우는 곧 냉정을 되찾았다. 전생의 삶이 꼬인 것은 모두 이 사람 탓이었으니까.

마음 같아서는 주먹으로 얼굴을 한 대 후려치고 싶을 정도였다.

"어쩐 일은. 그냥 오랜만에 후배 얼굴 보고 싶어서 찾아왔지. 잠깐 시간 괜찮나? 같이 점심이라도 하자."

"죄송합니다. 선약이 있어서요."

"그래? 그럼 내가 식사 끝나고 찾아가도 되나? 응? 상의할 일도 있고 해서 말이야."

서광필 교수는 필사적으로 매달렸다. 윤우는 왠지 그가 왜 이곳에 찾아왔는지 알 것 같았다.

"그러시죠. 제 연구실에서 두 시쯤 뵙겠습니다."

NEO MODERN FANTASY STORY

뉴 라이프

NEW LIFE

Scene #71 운명의 장난

Scene #71 운명의 장난

　서광필 교수는 두 시가 되기가 무섭게 연구실의 문을 노크했다. 윤우는 무뚝뚝한 표정으로 그를 맞았다.

　"오셨어요?"

　"주스 좋아하나? 빈손으로 오기는 좀 그래서. 하하."

　서광필 교수는 멋쩍게 웃으며 과일음료선물세트를 책상에 올려놓았다. 가뜩이나 형편도 안 좋다는데, 이렇게 무리를 하니 윤우의 마음이 편치 않았다.

　물론 그 연민은 잠깐이었다. 오래 갈 리가 없었다. 서광필 교수는, 아니 서광필은 윤우에게 있어 원수나 다름없는 사람이었다.

　"커피 괜찮으시죠?"

"아, 좋지. 믹스 있으면 그걸로 줘."

"예."

물을 끓이고 커피를 준비한 윤우는 김준호 조교에게 도서관 심부름을 시켰다. 서광필의 청탁을 제자의 귀에 들어가게 하고 싶지 않았다.

윤우가 자리에 앉아 커피를 한 모금 마셨다. 두 사람은 잠시 조용히 차를 마시기만 했다.

시간이 아까워 윤우가 먼저 질문을 던졌다.

"그런데 무슨 일로 오셨습니까? 아까 상의할 일이 있다고 하신 것 같은데. 연락도 없이 오셔서 깜짝 놀랐습니다."

"미안해. 오랜만이라 전화를 하기가 좀 그래서. 넌 전임교수니까 연구실도 있으니 그냥 찾아와 봤어. 아무튼 대단하다. 서른 살에 벌써 전임이 되다니."

서광필은 지금 백수 신세였다. 한국대의 윤민수 교수가 손을 쓴 덕에 서울에 위치한 대학은 물론 지방 주요대학에서도 강의가 끊겼다.

멀리 떨어져있는 대학에라도 출강하고 싶었지만 차비와 식대를 제외하면 강사료가 남질 않는다. 경기도권 내에서 강의를 구해야 했다.

그래서 윤우에게 찾아온 것이다. 신화대학교는 경기도권에 위치해 있고, 한국대학교 국문과의 영향력에서 자유로운 곳이었으니까.

"비결이 뭐야?"

"노력은 스스로를 배신하지 않는 법이라고 생각합니다."

그렇게 대꾸한 윤우는 피식 웃었다.

명백한 비웃음.

순간 서광필의 볼이 파르르 떨렸지만, 이내 그는 미소를 되찾았다. 지금은 명백한 갑과 을의 관계였다. 본심을 보여서는 일을 그르치게 된다.

"맞아, 맞아. 넌 노력을 많이 하는 사람이었지. 예전에 학회에서 토론할 때가 생각나는구나. 국제비교문학회였던가? 그때는 정말 경황이 없을 정도로 놀랐었지. 그렇게 발표 준비를 철저히 해 올 줄은 생각도 못했거든."

"그러셨군요."

아첨하는 게 눈에 너무 훤히 보였다. 윤우는 불편한 심경을 표정에 그대로 노출했다.

"하지만 지나간 일일 뿐입니다. 중요한 건 지금과 미래겠죠. 으음, 죄송하지만 시간이 많지 않습니다. 곧 강의가 있어서. 본론으로 들어가 볼까요?"

"그게 말이야."

서광필은 뜸을 들였다. 각오를 하고 윤우를 찾아온 것이긴 하지만 입이 쉽게 떨어지지 않았다. 자존심을 뭉개지 않고서는 할 수가 없는 말이었다.

"미안한 부탁인데, 나에게 강의를 좀 줄 수 없겠나? 요즘 사정이 안 좋아서 말이야. 혹시 들었는지는 모르겠다만……."

"1학기가 시작되어서 당장에는 어떻게 도와드릴 수가 없겠네요. 그리고 전 국문과 막내입니다. 강의 편성권은 서경석 선생님께 있지요."

사실과는 좀 다른 대답이었다.

윤우가 막내인 것은 맞지만, 저번 대학평가를 계기로 국문과의 모든 교수들에게 존경과 신뢰를 받고 있었다. 강의하나 주는 것 정도는 문제가 안 됐다.

"그래?"

워낙 단호하게 대답해서 그런지 서광필은 쉽게 말을 잇지 못했다. 하지만 그는 포기하지 않고 다시 용기를 냈다.

"그럼 한국어문학센터 강사 자리라도 주면 안 되나? 네가 센터장을 했었으니 그 정도는 가능할 거라고 보는데. 한국어교육은 경험이 없지만 나름 열심히 할 자신이……."

윤우는 이번에도 그의 말을 잘랐다.

"그쪽도 이준희 선생님이 주관하고 있어서 좀 어렵습니다. 이미 저번 달에 강사섭외도 다 끝났고요. 저희 센터는 자대생 석박사 위주로 강의를 편성하고 있습니다. 아시잖아요? 우리 학교가 한국대 출신 싫어하는 거."

서광필은 고개를 숙였다. 드디어 그의 표정에 절망감이

감돌았다. 그에게 남은 것은 이제 윤우뿐이었다. 모든 선후배들이 그에게 등을 돌렸다.

그런데 그가 이렇게 차갑게 거절을 하다니. 세상이 무너지는 것 같은 기분이었다.

이게 다 윤민수 교수 때문이었다.

아니, 따지고 보면 남재창 교수에게 붙어먹었던 자신에게 잘못이 있는 것이겠지만.

서광필이 마지막 끈을 붙들었다.

"혹시 다른 대학에 추천이라도 해 줄 수는 없나?"

"어렵습니다. 아시잖아요. 이미 다른 대학엔 윤민수 선생님이 손을 써 놓으셨다는 거. 저에게 이렇게 부탁하시는 것보다 윤민수 선생님께 잘 말씀드려서 해결하는 편이 더좋을 거 같네요. 무릎이라도 꿇으시는 게 좋지 않겠습니까?"

윤우는 자리에서 일어섰다. 전생의 원수와 더는 말을 섞고 싶지 않았다. 이 정도면 충분히 후배노릇은 했다고 판단했다.

마음 같아서는 멱살을 붙잡고 전생의 일을 따지고 싶었다.

왜 실컷 노예생활을 했는데 도움을 주지 않았냐고.

왜 한마디 말도 없이 자신을 버리고 한국대로 옮겼냐고.

왜!

순간 고생만 하던 전생의 아내의 모습이 떠올랐다. 귀여운 두 딸 아이들의 모습도 함께 그려졌다.

변변치 못한 옷들만 입고 다녔던 그녀. 그리고 장난감 하나 제대로 사주지 못했던 두 딸아이들.

'빌어먹을.'

지금 성공한 삶을 살고 있음에도 윤우의 두 손이 파르르 떨렸다. 어느새 그는 주먹을 꽉 쥐고 있었다.

"그만 돌아가세요."

"그래."

서광필이 자리에서 일어섰다. 어깨가 축 쳐져있다. 그 또한 가장이었다. 여기에서 뭔가를 해 내지 못한다면, 기다리고 있는 가족들에게 아무 것도 해줄 수가 없게 된다.

서광필 교수는 윤우를 물끄러미 바라보았다. 하지만 윤우는 애써 그의 시선을 피했다.

조금의 연민은 있었다. 그가 얼마나 힘들게 살고 있는지 자신도 경험해봐서 잘 알고 있으니까.

그래도 윤우는 결국 아무런 위로의 말도 건네지 않았다.

"잘 지내라."

서광필은 바로 연구실을 빠져 나갔다.

그런데 그 한마디가 서광필의 마지막 말이 될 줄은 꿈에도 몰랐다.

다음 날, 윤우에게 서광필의 부고(訃告)가 전해졌다.

사인은 자살이었다.

◆

하은이와 시은이가 거실을 뛰어다니며 신나게 논다. 하지만 전화를 끊은 윤우의 표정은 좋지 않았다.

"왜 그래? 무슨 일 있니?"

"아니, 아무것도……."

윤우의 표정이 창백해졌다. 가연은 걱정스러운 표정으로 손바닥을 윤우의 이마에 올렸다. 열은 없었다.

"컨디션이 좀 안 좋아 보인다. 쉬는 게 좋지 않을까? 오늘 강의 없는 날이잖아."

"그럴까."

휴대폰을 내려놓은 윤우는 멍하니 바닥을 쳐다보았다. 하지만 생각을 바꿨는지 자리에서 일어서 서재로 향했다. 아내가 따라 들어오자 그가 다정히 부탁했다.

"잠깐 혼자 있게 해 줄래?"

"응? 알았어."

가연이가 밖으로 나가자 윤우는 허탈하게 한숨을 내쉬었다.

설마 서광필이 스스로 목숨을 끊을 줄은 생각도 못했다.

그래도 한국대 출신이니 다른 일을 해도 얼마든지 살아갈 수 있을 거라고 생각했었다.

하지만 그는 생활고와 임용난을 견디다 못해 스스로 목숨을 끊었다.

그렇게 한참을 멍하니 있던 윤우는 검은색 정장을 꺼내 외출 준비를 했다. 거실에 있던 가연이가 장롱 소리를 듣고 안방으로 들어왔다.

"자기야, 어디 가려고?"

"장례식장에."

"어? 누구 돌아가셨어?"

"학교 선배."

가연은 고운 심성답게 안타까운 표정을 감추지 않았다. 학교 선배라면 아직 젊은 나이일 텐데. 가연은 윤우에게 잘 다녀오라고 말했다.

고인의 빈소는 한국대학교 부속병원에 마련되었다. 평소라면 차를 몰고 갔겠지만, 오늘은 왠지 걷고 싶어 병원으로 걸음을 옮겼다.

도착해보니 문상객이 굉장히 많이 와 있었다. 아이러니한 것은, 한국대학교 국문과 학과장 명의로 된 화환이 비치되어 있었다는 것.

간접적인 살인자가 고인을 애도하기 위해 꽃을 보낸 것이다. 이것을 서광필이 볼 수 있다면 어떤 심정일까.

'하지만 잘못이 있는 건 나도 마찬가지 아닌가?'

빈소로 향하던 윤우의 발걸음이 뚝 멈췄다.

그때 만약 서광필에게 강의를 주겠다고, 아니 힘닿는 데까지 노력해 보겠다고 말이라도 했으면 이런 결과가 나왔을까?

윤우는 고개를 가로저었다.

적어도 서광필은 일말의 희망을 얻고 즐거운 마음으로 집으로 돌아갔을 것이다.

울음소리가 들려 윤우는 고개를 들었다.

옆을 바라보니, 흰 소복을 입은 젊은 여인이 세 아이를 달래고 있는 모습이 보인다.

어렴풋이 기억이 났다. 그들은 분명 서광필의 아내와 자식들이었다.

한참동안 넋이 나간 사람처럼 그쪽을 바라보던 윤우는 부조금을 넣고 식장 안으로 들어갔다. 향에 불을 붙이고 국화꽃을 제단에 놓았다. 그리고 절을 했다.

돌아서 상주와 맞절을 했다. 윤우는 무거운 마음으로 그들 앞에 섰다.

"고인의 대학 후배입니다. 명복을 빕니다."

"와 주셔서 고마워요."

젊은 아내는 옷고름으로 눈물을 닦았다. 왠지 남일 같지가 않아 윤우는 적당히 인사를 하고 밖으로 나왔다. 전생의 기억이 떠올라 혼란스러웠다.

윤우는 잠시 대기석에 앉아 한숨을 돌렸다. 그 와중에 누군가 다가와 말을 걸었다.

"김윤우."

송현우였다. 서은하의 모습이 보이지 않는 것을 보니 혼자 온 모양이었다.

"지금 오셨어요?"

"아니, 아까 왔다. 소진욱 선생님 배웅해 드리고 오는 길이다. 너 절은 했냐?"

"예. 지금 하고 나왔어요."

"그래."

그런데 윤우를 바라보는 송현우의 눈빛이 심상치가 않다. 뭔가 할 말이 있는 듯한 그런 눈빛이었다.

현우가 돌아서며 한마디 했다.

"담배나 피러 나가자."

"예."

두 사람은 1층으로 내려와 흡연 구역으로 이동했다. 담배가 반으로 줄어들 때까지 송현우는 아무런 이야기도 하지 않았다.

그러다 그가 담배를 발로 짓이겨 끄고 주머니에 손을 넣었다.

"어제 서광필 선배가 너 찾아갔었지?"

윤우는 고개를 끄덕였다. 송현우는 씁쓸히 웃으며 그때를 떠올렸다.

"사실 너한테 찾아가기 전에 내 연구실에 들렀었어. 너랑 친한걸 아니까, 좋게 이야기해 줄 수 없냐고 묻더라. 그게 마지막 말이 될 줄은 꿈에도 몰랐지."

"선배는 뭐라고 대답했습니까?"

"도와줄 수 없다고 했다. 아무래도 난 윤민수 선생님 밑에 있으니까."

그렇게 답한 송현우는 고개를 떨궜다. 그리고 깊게 한숨을 내쉬었다. 그도 윤우처럼 죄책감을 느끼고 있는 것이다.

"나는 그렇다 쳐도 너는 왜 그랬냐? 선배가 자살했다는 건 네게도 거절당했다는 건데."

"그럴 만한 사정이 있었습니다."

"하긴, 누구에게나 그럴 만한 사정은 있는 법이지."

전생에서의 원수였다고 말할 수는 없었다. 불행인지 다행인지 송현우는 깊게 캐묻지 않았다.

"우리들은 운이 좋은 편이야. 이른 나이에 임용이 됐으니까. 하지만 그래서 그런 건지 주변을 세심하게 둘러보지 못한 것 같다. 나도 서광필 선배가 형편이 어렵다고만 들었지, 실제로는 크게 신경 쓰지 않았었거든."

윤우는 아무런 대꾸도 하지 않았다. 그렇게 송현우가 다시 말을 이었다.

"적당한 죄책감이 필요한 시점인 것 같구나."

"그게 무슨 말씀입니까?"

"언젠가 네가 그랬잖아. 썩어 문드러진 이 학계를 바꾸겠다고. 서광필 선배는 '희생' 된 게 아닌가?"

그제야 송현우가 윤우에게 시선을 돌렸다. 그는 쓴웃음을 짓고 있었다.

"제2의 서광필 선배가 나오지 않도록 노력해야 하는 게 아닐까? 그래야 선배가 저 세상에서 편히 쉴 수 있을 테니까. 너한테만 하는 이야기는 아니야. 이건 나 스스로에게 하는 말이기도 하다."

윤우의 어깨를 두드린 송현우는 다시 장례식장 안으로 들어갔다. 윤우는 한참동안 그곳에 서서 송현우가 남기고 간 말을 곱씹어 보았다.

◈

저녁 늦게 집으로 돌아온 윤우는 선물로 들어온 위스키를 하나를 꺼냈다. 그리고 컵에 가득 따랐다. 아이들이 자고 있었기 때문에 방해받지 않고 술을 마실 수 있었다.

'적당한 책임감.'

위스키가 화끈하게 목을 자극하자 오후에 송현우 선배가 했던 말이 떠올랐다.

책임감을 가지라는 말은, 이번 일이 남의 일이 아니라는 말이기도 했다. 모든 교수의 올챙이 적 시절은 시간강사이니까 말이다.

시간강사의 처우 개선은 윤우가 장기적으로 계획하는 일들 중 하나였다. 하지만 지금 당장 무언가를 할 수 있는 것은 아니었다.

'내가 뭘 어떻게 해야 하지?'

갈등이 컸다. 당장 무언가를 해야 할 것만 같은데, 구체적으로 떠오르는 게 없었다. 현실적으로 어려움이 너무 많았던 탓이다.

잘 지내라.

서광필이 마지막으로 던진 말이 불현듯 떠올랐다. 윤우는 두 손으로 머리를 움켜쥐었다.

그 한마디가 너무나도 선명히 뇌리에 남았다.

'내가 실수한 거야. 감정적으로 나서면 안 되는 거였는데…… 젠장.'

어느새 술을 한 잔 다 비운 윤우는 다시 컵에 술을 가득 채웠다. 그때 문이 슬그머니 열리더니 가연이가 고개를 빼꼼 내밀었다.

"바빠?"

"일 안 하니까 들어와도 돼. 안주인이 왜 눈치를 봐?"

"방해될까 봐 그랬지. 그런데 웬일로 혼자 술을 다 마셔?"

윤우는 술을 잘 마시긴 하지만 즐겨 마시는 타입은 아니었다. 집에 쌓아 둔 각종 위스키와 와인도 따지 않은 것들이 굉장히 많았다.

윤우가 한숨을 내쉬며 대꾸했다.

"그냥. 술 생각이 나서."

"그냥?"

가연이가 윤우의 옆에 앉았다. 그리고 걱정스러운 눈으로 그를 바라본다.

"혹시 장례식 때문에 그런 거니?"

윤우는 조용히 고개를 끄덕였다. 아무래도 술자리가 길어질 것 같아 말없이 밖으로 나간 가연은 안주거리를 챙겨 다시 안으로 들어왔다.

구운 오징어와 땅콩이었다. 거기에 마요네즈까지. 볼품은 없지만 윤우가 좋아하는 것들이었다.

"고마워."

"많이 마시라고 준 거 아니야. 자기 내일 강의 나가야 하잖아. 적당히 마셔. 알았지?"

"그래."

"그럼 나 먼저 잘게."

배려심 깊은 가연은 윤우가 혼자 생각을 정리할 수 있도록 자리를 비켜주었다. 금방 위스키 한 병을 다 비운 윤우는 이번에는 와인을 땄다.

그렇게 얼마나 시간이 흘렀을까. 달빛이 한창일 무렵 윤우는 책상에 엎어져 그대로 잠들었다.

◈

명문대 출신 시간강사 자살!
기획특집 – 대한민국의 시간강사로 사는 법
왜 그는 죽음을 선택할 수밖에 없었나?

연일 매스컴에서 서광필 교수의 자살을 집중적으로 다뤘다.

그만큼 비중이 큰일이었다. 알려지지 않은 대학의 강사도 아니고, 국내 최고 학부라는 한국대학교 출신의 강사였다. 매스컴의 관심은 당연한 것이었다.

주요 일간지에서도 관련 특집을 다루기 시작했다. 그래서 그럴까. 윤우와 친분이 있는 명인일보의 박철순 국장이 웬일로 직접 연구실로 취재를 나왔다.

"마음이 아프겠어. 학교 선배였지?"

"예."

윤우는 신문을 내려놓고 자리를 옮겼다. 그 맞은편에 박철순 국장이 메모지를 꺼내놓고 앉아 있었다.

"인터뷰 때문에 오신 겁니까? 솔직히 지금은 그 일에 대해 별로 말하고 싶은 기분이 아니라서요."

그 말에 박철순 국장이 무안한 미소를 지으며 메모지를 가방으로 집어넣었다.

"아니, 뭐 인터뷰라기보다는 사실 확인 정도랄까."

"오프 더 레코드입니까?"

"물론이지."

윤우가 한숨을 내쉬었다.

"무슨 사실 확인이 필요하신데요?"

"고 서광필 씨가 학계에서 따돌림을 받았다는 소문이 있어서 말이야. 듣기로는 한국대학교 윗선 교수에게 찍혀서 강의를 받지 못하게 됐다고 하던데."

그 얘기를 들으니 마음이 아팠다.

박철순 국장의 말은 사실이었다. 그리고 윤우도 그 일에 어느 정도는 연루되어 있었다. 비록 개인적인 원한이긴 하지만 강의를 주지 않은 건 사실이니까.

윤우는 고민했다.

사실대로 말할 것인가, 아니면 침묵할 것인가. 많은 경우의 수가 머릿속을 스치고 지나갔다.

그사이 박철순 국장이 한마디 덧붙였다.

"자네가 알 거라고 생각해서 온 건 아니니 오해하지 말았으면 좋겠어. 아무래도 내가 아는 사람 중 한국대 국문과 출신은 자네뿐이라."

윤우는 결정을 내렸다.

지금은 머릿속으로 계산기를 두드릴 때가 아니었다. 마음 가는 대로 하는 게 중요했다.

"사실입니다. 한국대학교 윤민수 교수가 손을 썼어요. 관련 증거는 없지만 정황상 그렇습니다. 실제로 그랬다는 이야기를 듣기도 했고요."

"그래?"

순간 박철순 국장의 눈이 빛났다. 특종을 물었다는 기자 특유의 눈빛이었다.

"좀 더 구체적으로 말해줄 순 없나?"

"구체적이라고 해 봐야 특별한 건 없어요. 다른 계통은 모르겠지만, 국문학계는 굉장히 좁습니다. 한 번 건너면 다 아는 사이거든요. 그래서 권위 있는 교수가 다른 대학에 압력을 넣기가 상대적으로 쉽습니다."

"하긴, 그런 행태야 다른 분야도 마찬가지겠지. 흐음. 잠깐 정리하도록 할까. 그러니까, 고 서광필 씨가 강의를 받지 못하도록 윤민수 교수가 사주했다?"

"사주까지는 아니더라도 그런 말이 오갔을 겁니다."

"이유는?"

단도직입적인 질문에 윤우의 표정이 불편해졌다.

하지만 대답을 해야만 했다. 서광필 교수는 송현우의 말처럼 희생되었다. 매스컴을 이용해서라도 그 죽음을 널리 알릴 필요가 있었다.

"남재창 교수 아시죠? 예전에 성추행 및 연구비 착복으로 파면당한 사람이요."

"알다마다. 그때 내가 자네랑 같이 특집기사 기획했잖아."

"서광필 선배는 그 사람과 매우 친밀한 관계였습니다. 그 때문에 윤민수 교수에게 소홀하게 했었는데, 그게 역풍을 맞게 된 거죠."

"썩은 동아줄을 잡았구만. 쯧쯧."

박철순 국장이 혀를 찼다. 그도 개인적으로 안쓰러운 마음이 있었다. 명문대 출신 박사가 너무나도 허무하게 목숨을 끊었으니까.

잠시 침묵이 돌았다. 박철순 국장은 윤우가 한 말을 머릿속으로 정리했고, 윤우는 서광필 교수의 마지막 모습을 떠올리고 있었다.

박철순 국장이 다시 물었다.

"혹시 자살 전에 자네에게 찾아온 적은 없나?"

"마치 경찰서로 끌려온 기분이네요."

"아아, 그렇게 느껴졌다면 미안해. 이것저것 궁금한 게 너무 많아서 말이야."

윤우는 한숨을 내쉬며 등을 소파에 기댔다.

어차피 숨길 필요가 없는 일이었다. 서광필 교수가 자신을 찾아왔다는 것을 아는 사람은 꽤 많았다.

"사고 전날 절 찾아왔었습니다."

"전날에? 그거 흥미로운데. 이유를 물어도 괜찮겠나?"

윤우의 입에서 그 답변이 나오기까지는 꽤 오랜 시간이 걸렸다.

"강의 청탁이었습니다. 생활이 어려우니 강의를 하나 줄 수 없냐고 물었습니다."

윤우의 고백이 묵직하게 울렸다.

박철순 국장의 눈에 날카로운 빛이 감돌았다. 강의 청탁을 했는데 다음 날 자살했다는 것은 윤우도 그 제안을 거절했다는 말이 된다.

"왜 거절했나?"

박철순 국장은 여운을 남겼다.

그 여운 속에는 자네도 공범이냐는 그런 암묵적인 질문이 숨겨져 있었다.

"말하기에 복잡한 개인적인 사정이 있었습니다. 물론 윤민수 교수님께 지시를 받은 건 아니고요."

"개인적인 사정이라⋯⋯."

"국장님. 죄송합니다만 이상의 질문에는 답변해 드리기가 어려울 것 같네요. 점점 인터뷰가 되고 있는 것 같습니다."

"그래. 미안하네. 자네도 상심이 클 텐데 내가 너무 내 생각만 했군."

박철순 국장은 미안한 표정을 지으며 자리에서 일어났다.

"다음에 삼겹살에 소주나 한 잔 하지. 내가 살게."

"알겠습니다."

"그럼 또 연락하지."

박철순 국장이 나가고 윤우는 다시 책상으로 돌아와 신문을 집었다. 서광필 교수의 자살을 언론이 어떻게 다루는지 꼼꼼히 체크했다.

얼마나 지났을까. 연구실 문이 노크 없이 슬그머니 열렸다. 오늘은 김준호가 쉬는 날이었기 때문에, 윤우는 누군가 싶어 고개를 들었다.

윤우는 깜짝 놀랐다.

"여기까지 어쩐 일이야?"

모습을 드러낸 사람은 가연이었다. 손에는 도시락을 들고 있다.

"오면 안 돼?"

"아니, 안 되는 건 아니고. 얘기도 없이 와서 깜짝 놀랐잖아."

그래도 싫지는 않은지 윤우의 표정이 조금 밝아졌다. 평소보다는 어두운 편이었지만.

그랬기 때문에 가연이가 여기까지 온 것이었다.

윤우는 아침밥도 뜨는 둥 마는 둥 하며 출근을 했다. 오늘만 그런 게 아니라 장례식장을 다녀온 뒤로 쭉 그랬다. 걱정이 들 수밖에 없었다.

"자기 좋아하는 음식 몇 개 해 봤어. 슬슬 저녁시간이기도 하니까. 왠지 안 챙겨 먹을 거 같았거든. 그렇지?"

"아니라고는 말 못하겠네. 고맙긴 한데, 애들은 어쩌고 왔어?"

"지금 잠깐 엄마 와 있어."

"장모님께 죄송스럽네."

가연은 고개를 가로저었다. 그리고 준비해 온 도시락을 테이블에 놓고 하나씩 꺼냈다. 먹음직스러운 냄새가 곧 연구실을 가득 채웠다.

"어서 먹어. 좀 식긴 했는데 아직 따뜻할 거야."

젓가락을 건네며 환하게 웃는 가연. 그녀를 보고 있으니 왠지 얼마 전 장례식장에서 눈물을 훔치고 있던 서광필 교수의 아내의 모습이 떠올랐다.

'만약 전생에 내가 목숨을 끊었다면 가연이도 똑같이 그랬겠지.'

그런 생각이 들자 음식을 삼킬 수가 없게 되어 버렸다. 유부초밥을 하나 집어 들고 멍하니 있던 윤우는 조용히 음식을 내려놓았다.

"미안. 입맛이 없다."

"그래도 조금이라도 먹어 봐. 응?"

간절하게 청하는 아내를 외면할 수 없어 윤우는 다시 유
부초밥을 집었다. 입에 넣고 한참을 씹어도 아무런 맛도
느껴지지가 않았다.

뉴 라이프

NEW LIFE

Scene #72 새로운 시간강사법에 대한 소론(小論)

Scene #72 새로운 시간강사법에 대한 소론(小論)

"교수님. 김윤우 교수님?"

"어?"

윤우가 정신을 차렸다. 상념에서 깨어보니 이곳은 강의
실이었다. 50명도 넘는 많은 학생들이 이상하다는 듯 자신
을 바라보고 있다.

까맣게 잊고 있었던 손의 감각이 돌아왔다. 한 손으로는
마이크를, 그리고 다른 손으로는 강의 교재를 들고 있었
다.

"아, 미안합니다. 잠시 다른 생각이 났네요."

맨 앞줄에 앉은 여학생이 물었다.

"괜찮으세요? 편찮으신 거 같은데."

"감기 기운이 있어서 그래요. 걱정하지 마세요."

"감기엔 치료약도 없다고 하던데 쉬셔야죠. 그런 의미에서 오늘 수업은 여기까지!"

"하하하."

한 학생의 너스레에 다들 웃음을 터트렸다. 윤우는 어색하게 웃으며 대꾸했다.

"미안하지만 그럴 수는 없어요. 진도가 좀 늦은 편이라서. 그럼 다시 시작해 볼까요? 제가 무슨 이야기 하다 말았죠?"

"이기영과 한설야의 관계에 대해서 말하셨어요."

"고마워요."

정신을 완전히 차린 윤우는 다시 강단에 올랐다. 학생들은 아쉬움을 토로했지만, 윤우의 설명이 시작되자 다시 수업에 집중했다.

강의 도중에 다른 생각이 났던 것은 이기영과 한설야라는 이름의 두 작가 때문이었다.

설명을 하다 보니 전생의 기억이 떠올랐다. 자신의 스승이었던 서광필 교수가 '포석과 민촌과 나'라는 작품을 흥미롭게 설명하던 그 모습이.

안 좋은 기억만 있는 줄 알았는데, 생각해보면 그와 함께한 좋은 기억도 있었다.

그렇게 한 시간이 지났다.

윤우는 교재를 접어 교탁 위에 내려놓았다.

"시간이 벌써 이렇게 됐네요. 오늘 강의는 여기까지 하겠습니다."

"수고하셨습니다."

강의를 마치고 연구실로 돌아온 윤우는 곧장 퇴근 준비를 했다. 평소라면 늦게까지 논문작업을 하다가 돌아가곤 했는데 좀 이상했다.

김준호가 고개를 갸웃하며 묻는다.

"선생님. 벌써 가시게요? 오늘은 일찍 들어가시네요."

"잠깐 들를 데가 있다. 너도 오늘은 일찍 들어가서 쉬어라."

"네, 선생님. 운전 조심하세요."

연구실을 나서 주차장으로 내려온 윤우는 차에 올라 시동을 걸었다. 그리고 내비게이션을 작동시켜 송현우에게 받은 주소를 그대로 입력했다.

신화대학교에서 떠난 차는 약 두 시간을 쉬지 않고 달렸다.

윤우의 차가 멈춰 설 무렵엔 하늘 끝에서 노을이 펼쳐지고 있었다. 푸른 잔디밭과 무성한 나무들. 여기는 '메모리얼 파크'라는 곳이었다.

흔히들 말하는 납골당.

이곳에 전생의 지도교수이자 현생의 선배인 서광필이 잠들어 있었다.

윤우는 국화꽃 한 송이를 준비해 서광필의 봉안묘를 찾았다. 회색톤 돌로 간소하게 꾸며진 곳이었다. 누군가 다녀갔는지 꽃이 몇 송이 보였다.

바르게 선 윤우는 봉안묘 위에 국화꽃을 올렸다. 그리고 들을 수 없는 그에게 말을 걸었다.

"용서를 구해야 하는 건 당신이 아니라 오히려 저였던 것 같습니다."

서광필의 잘못도 물론 있었다. 하지만 윤우는 '복수'라는 핑계로 그와 똑같은 짓을 저질렀다. 전생의 서광필의 모습과 다를 게 없었다.

딱 하나 다른 점이 있다면 윤우는 죽음 직전에 새로운 기회를 얻었지만, 서광필은 영원히 돌아올 수 없는 곳으로 떠났다는 것이다.

죽은 자는 말이 없는 법.

국화꽃을 품은 봉안묘는 계속 침묵을 유지했다. 한참동안 묘를 바라보기만 하던 윤우가 다시 한 번 나직이 중얼거렸다.

"당신을 영원히 잊지 않겠습니다."

추모는 그것으로 끝이었다.

윤우는 쓸쓸한 모습으로 납골당을 나섰다. 때늦은 찬바람이 그의 옷깃을 펄럭이며 지나갔다.

키가 훤칠한 남자가 명인일보 편집국 사무실 안으로 들어왔다. 키보드를 두드리던 직원 하나가 자리에서 일어서 그를 맞았다.

"어떻게 오셨어요?"

"안녕하세요. 박철순 국장님을 뵈러 왔습니다."

"국장님이요? 약속을 하고 오신 건가요?"

"아닙니다. 신화대에서 김윤우가 왔다고 하면 알아들으실 겁니다."

잠시 후 윤우는 직원의 안내를 받아 국장실로 들어갔다. 박철순 국장은 귀에 전화기를 대고 있었는데, 손짓으로 앉으라고 권했다.

잠시 후 통화가 끝나고 박철순 국장이 윤우의 맞은편에 앉았다.

"무슨 일이야? 연락도 없이 찾아오고."

"지나가다 잠시 들렀습니다. 바쁘신데 괜히 방해만 드린 게 아닌가 걱정이네요."

"아니, 뭐 바쁠 일은 없지. 일은 부하들이 알아서 잘하니까. 하하하."

박철순 국장이 윤우의 얼굴을 살폈다. 며칠 전에 봤을 때와는 조금 달라 보였다. 안색이 좋아졌고, 눈빛에 힘이 들어가 있었다.

"잠깐 못 본 사이에 얼굴이 좋아졌는데? 보약이라도 지어 먹었나?"

"잘못 짚으셨습니다. 보약 먹을 정도로 체력이 약하진 않아요."

"약하지 않긴. 며칠 전에 봤을 때는 다 죽어가는 사람 같더만."

윤우는 말없이 미소만 지었다.

변화가 시작된 것은 얼마 전부터였다. 서광필 교수가 영면을 취하고 있는 납골당에 다녀온 이후로 윤우는 마음을 바로 잡았다.

어차피 그에게 용서를 받을 수는 없다.

그는 이미 떠난 사람이니까.

그렇다면 그를 위해서 할 수 있는 일은 무엇일까. 윤우는 그것을 진지하게 고민했고, 결국 답을 찾아냈다.

서광필 교수를 용서하는 것을 시작으로, 또 다른 희생자가 나오지 않도록 힘을 써 보기로 결정한 것이다.

"우리가 알고 지낸지도 이제 꽤 됐죠?"

"그렇지. 어디보자…… 자네가 고등학교 1학년 때 처음 인터뷰를 했으니까. 햇수로는 13년 정도일까?"

"그 정도면 부탁 하나 들어줄 수 있을 만한 세월이네요."

"부탁?"

순간 윤우의 표정이 진지해졌다.

"얼마 전에 서광필 선배 이야기 물으셨잖아요? 근데 보니까 기사가 아직 안 나간 거 같더군요."

"아아, 좀 민감한 부분이 있어서 말이야. 결정적인 증거도 없어서 고민하고 있던 차였지. 왠지 자네도 기사화되지 않기를 바라는 것 같고."

윤우는 고개를 가로저었다. 그리고 한마디 대꾸했다.

"그 기사 말입니다만, 기왕 내보내는 거 좀 크게 내보내주실 수 없겠습니까?"

"크게? 흐음…… 그게 좀 애매해서 말이야. 어려운 일은 아니긴 한데."

박철순 국장의 의미심장한 미소를 읽은 윤우가 자리에서 일어섰다.

"일 없으시면 나가시죠. 저번에 약속하셨던 삼겹살에 소주 한 잔. 제가 사겠습니다."

"듣던 중 반가운 소린데?"

박철순 국장은 외투를 걸치고 앞장을 섰다.

◆

윤우와 박철순 국장의 삼겹살 회동은 성공적으로 끝났다.

약속대로 박철순 국장은 명인일보 사회면에 서광필 교수의 자살 의혹 기사를 크게 터트렸다.

故 서광필 씨의 억울한 죽음
그 배후에는 한국대 Y교수가 있었다!
관계자들의 생생한 증언 이어져

"이야. 카피 한번 노골적으로 썼네. 잘 모르는 사람들이 보면 무슨 살인사건 기사인 줄 알겠어."

휴대폰으로 뉴스를 보던 승주가 감탄했다. 윤우와 승주, 그리고 슬아는 점심을 함께 먹고 카페에서 후식으로 커피를 마시는 중이었다.

슬아가 관심을 보였다.

"뭔데 그래?"

"네이비 메인에 서광필 선배 관련 기사가 보이더라고. 대강 훑어봤는데 다른 신문사에서도 비슷한 기사를 계속 카피하고 있어."

매스컴은 하이에나와도 같다. 뭔가 구린내가 나는 일이 있으면 물불 가리지 않고 일단 달려들고 본다.

서광필 교수의 자살 사건은 아주 훌륭한 먹이였다.

윤민수 교수가 부적절하게 권력을 휘두른 것은 사실이었다. 파면 팔수록 새로운 진실이 밝혀지니 언론이 부지런히 움직일 수밖에 없었다.

물론, 기사를 접하는 독자들도 흥분하기는 마찬가지.

각 언론사들이 이 사건의 전말을 파헤친 기사를 네이비 뉴스 메인에 하나 둘 라이브했고, 그것을 본 네티즌들이 댓글을 쏟아내기 시작했다.

한때 윤우가 관리하던 '한국인' 커뮤니티에도 난리가 났다. 한국대학교 학생회와 대학원 원우회는 이번 일에 강한 유감을 표하고 고인을 위로했다.

한국대학교 측도 가만히 있을 수 없었다. 교내에 분향소를 설치하고, 진상조사위원회가 조직되어 윤민수 교수에 대한 조사가 진행되고 있는 중이다.

"실시간 검색어 순위에도 올라갔네. 지금 1위다. 윤민수 선생님 좀 난처해지겠는데?"

윤우가 빨대를 입에 문 채로 고개를 가로저었다.

"일이 그렇게 커지지는 않을 거다. 대가가 오간 게 아니니 혐의를 입증할 방법이 없지. 설령 검찰이 움직인다고 해도 답이 없을 거야."

"그런데 왜 그걸 알면서도 박철순 국장님께 소스를 제공한 거야? 굳이 윤민수 교수님을 엿 먹이려면 좀 더 치밀했어야지."

"내가 원하는 건 윤민수 교수님의 징벌이 아니야."

"그럼 뭔데?"

윤우가 침묵하자 승주는 물론 슬아까지 그에게 집중했다.

잠시 후 윤우가 입을 열었다.

"선배가 준 기회를 그렇게 허무하게 날릴 수는 없지."

"뜬금없이 그게 무슨 말이냐?"

"나중에 얘기해 줄게. 아직은 아무것도 확정된 게 없거든."

하지만 슬아는 윤우가 무엇을 의도하고 있는지 대강은 알 것 같았다. 얼마 전 자신의 아버지와 한번 만났으면 좋겠다고 말했었다.

아버지인 윤보현은 작년 교육부장관 임기를 마치고 자리에서 물러났다. 그리고 지금은 여당의 중진급 국회의원으로 활동하고 있다.

물론, 아무리 슬아가 똑똑하다고 해도 윤우가 무엇을 생각하는 것까진 알 수 없다. 아마 아버지의 힘을 빌리려고 하는 것이리라.

대화가 끊기자 윤우가 화제를 바꿨다.

"그건 그렇고 내가 전에 얘기했던 거, 생각들 해봤어?"

"받아들일게."

슬아는 긍정을 표했지만 승주는 조금 생각이 다른 것 같았다.

"끼고는 싶긴 한데 시간강사 나부랭이가 그런 자리에

껴도 되는 건지 모르겠다. 너희들이야 전임이니까 상관없
다손 치더라도."

"특별히 자격 제한 같은 건 없어. 배용준 선생님도 허락
하셨고. 어차피 승주 너, 우리 대학에 자리 잡을 거잖아."

윤우는 얼마 전 두 사람에게 '루나 클럽' 가입을 제안했
다.

그 시작은 배용준 교수였다. 그는 윤우를 찾아와 슬아를
클럽에 초대하고 싶다는 의견을 피력했다. 거기에 윤우가
승주를 추천한 것이다.

"그럼 한번 가보지 뭐. 모임은 언제 있는데?"

"다음 주 중에 잡힐 거야. 보통 저녁에 모이니까, 시간
이랑 장소 확정되면 알려주마."

그때 슬아에게 전화가 왔다. 슬아가 잠깐 자리를 비운
사이 윤우와 승주는 '루나 클럽'에 대한 이야기를 주고받
았다. 승주는 그 단체에 대해 궁금한 게 많았다.

잠시 후 슬아가 다시 돌아오더니 윤우에게 말했다.

"방금 아버지한테 전화 왔어. 오늘 저녁에 잠깐 시간 낼
수 있대."

"그래? 너도 같이 가자. 시간 괜찮지?"

슬아는 고개를 끄덕였다. 그렇게 세 사람은 남은 커피를
들고 자리에서 일어섰다. 이제 슬슬 돌아가서 오후 수업을
준비해야 했다.

오후 수업을 모두 마무리하고 윤우와 슬아는 함께 약속 장소로 이동했다. 슬아가 차를 가지고 오지 않아 오랜만에 윤우의 차 보조석에 앉았다.

안전벨트를 맨 슬아가 차 내부를 둘러보며 불평했다.

"차 좀 바꾸지 그래. 교수가 됐는데 아직도 이런 차를 타고 있고. 교수의 품위를 생각해 볼 때도 되지 않았니?"

"선물 받은 거라 쉽게 바꿀 수가 없겠더라. 그리고 이걸로도 충분해. 애들이 좀 더 크면 그때 큰 걸로 바꿔야지."

"애들은 잘 있어? 그러고 보니 본 지 꽤 오래됐네."

"안 그래도 슬아 이모 언제 오냐고 난리도 아니야. 바쁘더라도 좀 들러라."

슬아는 조만간 윤우네 집에 한번 들러야겠다고 생각했다. 왠지 윤우의 아이들이라고 생각하니 남 같지가 않았다. 아껴주고 싶었다.

차가 앞으로 천천히 나가기 시작했다. 그때 슬아에게 전화가 왔다. 아버지라고 하며 전화를 받는 걸 보니 윤보현 의원인 모양이다.

전화는 금방 끊겼다.

"뭐라셔?"

"오늘 좀 늦을 거라고 하시는데?"

"얼마나 늦으신대?"

"한 시간쯤."

윤우가 아무런 대꾸를 하지 않자, 마침 좋은 생각이 떠오른 슬아가 윤우에게 조심스레 제안했다.

"잠깐 바람이나 쐬러 갔다 올까? 식당에서 기다리기는 좀 그렇잖아."

그 말에 근처 카페에서 시간을 때우려던 윤우가 생각을 바꾸었다.

"가고 싶은 데 있어?"

슬아는 고개를 끄덕였고, 내비게이션을 직접 조작해 목적지를 설정했다.

두 사람이 내린 곳은 광진구에 위치한 어린이대공원이었다. 지금은 4월. 봄꽃 중 최고라는 벚꽃이 한창이었다. 그만큼 사람들도 많았다.

"이야, 이렇게 사람이 많을 줄은 몰랐네."

윤우가 혀를 찼다. 조금 과장을 보태자면, 거리의 빈 공간보다 사람들로 채워진 공간이 훨씬 많았다.

"어딜 가도 마찬가지일거야. 벚꽃 시즌이라서."

"하긴."

정문으로 들어선 윤우와 슬아는 적당한 거리를 두고 꽃길을 걸었다. 슬아는 잠시도 꽃에서 눈을 떼지 않았다.

두 사람은 손만 잡지 않았을 뿐이지 완전히 커플 같았다.

슬아의 인물이 워낙 좋아 다른 남자들이 한눈을 팔았다.

"꽃이 참 예쁘다."

"그러게. 이렇게 꽃구경 온 건 올해 나도 처음이야."

"처음? 가연이랑 안 갔나? 지난주에 간다고 가연이한테 들은 것 같은데."

"가려고 했는데 막내가 갑자기 아픈 바람에 못 갔다. 열이 40도까지 올라서 응급실에 다녀왔어. 어린 녀석이 자꾸 아파서 걱정이야."

"원래 애들은 아프면서 크는 거래잖아."

"애도 없는 녀석이 말은 잘하네."

슬아는 웃었지만 괜히 왔다 싶었다. 왠지 가연이의 즐거움을 뺏어간 듯한 느낌이 들어서.

하지만 이렇게 윤우와 함께 짬을 내서 꽃구경을 올 수 있는 것은 흔치 않은 기회이기도 했다. 이 순간만큼은 슬아도 즐기고 싶었다.

그렇게 한참을 걷던 두 사람은 잔디 옆에 놓인 벤치에 앉았다.

바람이 불자 벚꽃이 흩날리며 머리 위로 내려앉았다. 동화에서나 나올 법한 아름다운 풍경이 펼쳐졌다. 두 사람은 조용히 꽃잎을 감상했다.

"그나저나 이제 완전히 극복한 거야?"

갑작스러운 물음에 윤우가 무슨 소리냐는 듯 슬아를 바

라보았다.

"서광필 선생님 일 말이야. 한동안 다람쥐 쳇바퀴 돌리듯 계속 안 좋아 보였는데, 요즘은 다시 기운을 되찾은 것 같아서. 이것저것 해보려고 하잖아? 우리 아버지도 만나겠다고 하고."

그런 의미였나.

과연 윤슬아다운 통찰력이다. 윤우는 떨어지는 꽃잎에서 시선을 떼지 않은 채 대답했다.

"뭐, 어느 정도는 정리가 됐어. 언제까지 감상에 빠져 있을 수는 없잖아. 어차피 완전히 정리되기는 어려울 테니까."

"그건 그렇지. 떠난 사람은 돌아오지 않는 법이니까."

윤우는 고개를 끄덕여 동의를 표했다.

윤우는 서광필 교수와의 일을 평생 지고 가야 한다고 생각했다. 짐이라고 생각하진 않았다. 자신이 힘을 낼 수 있는 원동력이 되니까.

"잘했어. 너 보기와는 달리 은근 감상적일 때가 있거든. 예전에 가연이 사고 났을 때도 그랬고. 참, 그때 웃겼는데. 기억나기는 하니?"

"잘 나가다가 그 얘기는 왜 꺼내?"

"떠올리고 싶지 않은 과거인가?"

"아니, 그런 건 아니지만⋯⋯."

왠지 그때를 생각하면 부끄럽다. 절망에 빠져 폐인생활을 했던 그때의 모습. 참 한심했다.

하지만 어쩔 수 없는 일이었다. 학창시절까지는 이미 경험해 본 일들이라 의연히 대처할 수 있었지만, 그 이후의 일은 모두가 새로운 경험들이었으니까.

다시 사는 인생이지만, 어찌 보면 윤우에게는 새로운 인생이기도 했다.

슬아가 옅은 미소를 지었다.

"목소리 높이는 거 보니 쪽팔리긴 한가 보네."

"됐다. 내가 말을 말아야지. 슬슬 일어서자. 차 막히는 것도 생각해야지."

시계를 본 윤우는 자리에서 일어섰다. 슬아도 따라 일어섰다. 아쉽지만 이제는 돌아가야 할 시간이다. 마치, 신데렐라가 된 기분이었다.

"늦어서 미안하네. 갑자기 회의가 잡혀서."

"괜찮습니다. 덕분에 꽃구경 하다 왔어요. 아무튼 오랜만에 뵈니 반갑습니다."

"하하하. 자네는 여전하군."

윤보현의 양복엔 황금색 의원 배지가 붙어 있었다. 그에게 무척 잘 어울렸다. 차기 여당 총재로 거론되고 있을 만큼의 거물이었다.

"그런데 슬아 너, 왜 애비 옆에 앉지 않고 윤우 옆에 앉는 거냐? 그러고 있으니 마치 결혼 승낙을 해 달라고 찾아온 것 같구나."

"아버지. 무슨 그런 농담을……."

윤보현 의원의 농담에 슬아의 양 볼이 새빨개졌다. 윤우는 그저 웃어 넘겼다. 윤보현 의원도 자신을 탐내고 있다는 걸 잘 알지만 이미 혼인한 몸이다.

슬아는 미간을 찌푸리며 일어섰다. 그리고 얌전히 아버지 옆으로 자리를 옮겼다. 윤보현 의원은 딸을 보며 너털웃음을 터트린다.

"원 녀석도. 그렇다고 자리를 옮길 건 또 뭐냐?"

"저 이제 어린애 아니에요. 그런 장난은 그만둬 주세요."

"애야. 잘 들어라. 옛말에 그런 말이 있지. 결혼해야 어른이 되는 거라고. 그런 의미에서 넌 아직 어린애야."

"아버지!"

오늘따라 슬아가 목소리를 잘 높인다. 흔히 볼 수 없는 장면이었다.

각자 음식을 시키고 기다리는 사이, 윤보현 의원은 고급 와인 하나를 주문했다. 그는 딸보다 먼저 윤우 쪽으로 와인병을 기울였다.

"자네도 한 잔 하지."

"아, 괜찮습니다. 차를 가져 와서요."

"대리를 부르면 되잖나? 이렇게 같이 한잔 기울이는 것도 꽤 오랜만인 것 같은데 거절하면 서운하지."

맞는 말이었다. 어쩔 수 없이 윤우는 잔을 받았다. 슬아도 받았고, 세 사람이 건배를 했다.

시큼한 와인을 한 모금 넘기고 윤우가 물었다.

"요즘 일은 어떻게 잘 되십니까?"

"특별한 일은 없어서 말이야. 보궐선거 준비 말고는 크게 신경 쓸 일이 없지. 아, 그러고 보니 요즘 큰 고민이 하나 있어."

"고민이요?"

윤우가 귀를 기울였다. 그것은 슬아도 마찬가지였다. 언제나 강직한 아버지였다. 고민이 있다는 건 태어나서 처음 듣는 말이었다.

"슬아가 시집 갈 생각을 안 해서 말이야. 큰일이네."

"아, 아버지!"

슬아가 또다시 목소리를 높였다. 이번엔 말까지 더듬으면서.

긴장하고 있던 윤우는 소리 내어 웃고 말았다. 말로 들었을 땐 정말 국가에 중차대한 문제가 생긴 줄만 알았는데 결국 딸 걱정이라니.

슬아가 거칠게 항변했다.

"왜 자꾸 그러세요? 다른 사람들하고 있을 땐 안 그러시더니. 윤우 불편해하니까 그만하세요. 네?"

"왜 그렇게 화를 내고 그러냐. 이 애비 마음도 생각을 해줘야지."

"나 안 불편해. 재미있기만 한데 뭘."

"윤우 너까지!"

슬아는 결국 부끄러움을 이기지 못하고 홱 일어서 화장실로 달려갔다. 윤우와 윤보현 의원은 그 뒷모습을 보며 웃음을 터트렸다.

"그런데 날 보자고 했다면서? 왠지 자네가 부르면 마음이 떨린단 말이야. 또 무슨 엄청난 사건을 가져올까 싶어서."

"죄송합니다. 어쩌다보니 늘 부탁만 드리게 되네요."

"하하, 죄송할 게 뭐 있나. 난 자네를 어렸을 때부터 봐왔어. 언제나 옳은 일을 하려는 그 자세가 참 마음에 든다네. 이번에도 그런 일로 찾아온 게 아닌가? 대충 예상은 된다만……."

윤보현 의원은 말을 줄이며 와인을 한 모금 넘겼다. 그리고 말을 이었다.

"내가 한번 맞춰볼까. 얼마 전에 목숨을 끊은 자네 선배 때문에 그러지?"

"맞습니다. 그 일 때문에 상의드릴 것이 있습니다."

"안 그래도 몇몇 의원들이 관련법을 제정해야 하는 거 아니냐고 목소리를 내고 있어. 나도 이래저래 알아보고 있는 상황이고."

"의외로군요. 그쪽은 잠잠할 줄 알았는데."

"의외라니. 너무한 것 아닌가?"

"아, 죄송합니다."

"됐네. 하하하."

윤보현 의원은 웃어넘겼다. 윤우는 나이에 비해 정계의 생리를 너무 잘 알았다. 의외라는 말은, 돈이 되지 않는 것에 쉽게 움직일 리 없다는 의미였다.

"다른 이유는 없네. 청와대의 VIP께서 이번 사건에 관심을 가지고 계셔서 말이야."

"청와대의 VIP라면…… 대통령께서요?"

"그래. 각하께서도 한국대 출신이시니 다른 케이스보다 민감하게 받아들이신 것 같아. 지금 한 얘기는 자네만 알고 있게."

순간 윤우의 눈에 총기가 맺혔다. '대통령'이라는 세 글자가 뇌리에 깊이 박혔다.

이 뜻하지 않은 상황을 자신의 것으로 만들 수 있다고 판단한 것은 아주 찰나의 시간이었다.

그렇게 윤우가 말했다.

"무리한 부탁인 줄 알면서도 청하겠습니다. 혹시, 제가 대통령님을 만날 수 있게 도와주실 수 있습니까?"

글라스를 든 윤보현 의원의 손이 뚝 멈췄다.

그리고 찾아온 정적.

"대통령님을? 하하하! 이거 방심하고 있다가 내가 한 방 먹었군. 자네가 그런 부탁을 할 줄은 정말 꿈에도 몰랐어."

"죄송합니다."

"아니, 뭐 자네가 죄송해할 게 있나."

윤보현 의원은 고개를 두어 번 끄덕거리며 글라스를 입에 갖다 댔다.

하지만 그걸로 끝이었다. 그는 입을 다문 채 침묵했다. 식당 내부에 흐르는 은은한 바이올린 소리만이 윤우의 귓가를 자극할 뿐이다.

'역시 무리인가.'

하지만 쉽게 포기할 윤우가 아니었다. 이건 정말 놓칠 수 없는, 아니 놓쳐서는 안 되는 기회였다.

윤우는 몸을 좀 더 테이블 쪽으로 가까이 붙여 적극적인 자세를 보였다. 그리고 목소리를 낮게 깔았다.

"서광필 선배의 죽음을 헛되게 하고 싶지 않습니다. 어처구니없는 부탁이라고 생각하실 수 있겠지만…… 어떻게든 대통령님을 만나고 싶습니다. 현재의 문제점을 가감 없이 전해드리고 싶어요."

윤보현 의원은 계속 침묵했다. 물론 윤우는 더 이상 채근하지 않았다. 이 이상 채근하는 것은 그의 심기만 건드릴 뿐이라고 판단했다.

얼마간의 시간이 더 지나서야 윤보현 의원이 입을 열었다.

"그러기엔 자넨 아직 덜 여물었어."

"예?"

덜 여물었다는 건 도대체 무슨 의미일까.

"열매를 맺기엔 시기가 이르다는 말이야. 아직 수확기가 찾아오려면 좀 더 기다려야 할 것 같은데. 덜 익은 과일을 따 먹어봐야 떫은맛만 나지 않겠나?"

"물론 그럴 수도 있겠지요."

윤우는 그제야 윤보현 의원이 무슨 의도로 이런 이야기를 하는지 알 수 있었다.

제대로 준비가 되지 않았다는 충고를 하고 있는 것.

확실히 그것은 사실이었다. 대통령을 만날 기회를 잡으리라고는 조금도 생각지 못했으니까.

대통령은 국가권력의 정점에 위치해 있는 사람이다. 그만큼 고려해야 하는 변수가 많다. 아무런 준비 없이 만나봐야 별 소득을 거둘 순 없을 것이다.

하지만 윤우의 생각은 조금 달랐다.

"모든 일에는 때가 있는 법입니다. 준비가 덜 된 상태에

82 NEW
LIFE 8

서도 기회가 온다면 일단은 잡고 보는 게 순리 아니겠습니까?"

"준비가 덜 된 상태에서 순리를 논하는 것 자체가 오류지."

"압니다. 그래도 세상일은 수학 공식처럼 정확히 맞아떨어지진 않는 법이지요."

"재미있군. 고작 삼십 년을 살아 온 자네가 할 소리는 아닌 것 같은데?"

윤보현 의원은 글라스를 들고 가볍게 반시계방향으로 흔들었다. 와인이 출렁이며 파문을 만들어낸다.

흔들리는 와인에 고정되어 있던 그의 시선이 윤우 쪽으로 슬그머니 움직였다.

"표정을 보니 이해를 못했나본데. 아니, 이해는 했지만 납득은 못했다는 게 더 정확하겠어."

"솔직히 말씀드리면 그렇습니다."

"내가 자네에게 하고 싶은 말은 딱 하나야. 너무 조급하게 일을 진행하지는 말라 이거지. 빨리 먹는 밥은 체하기 마련이거든. 충분히 준비를 끝낸 후에 추진해도 늦지 않아."

윤보현 의원의 표정엔 여유가 있었다. 오래도록 쌓인 관록 덕분이었다.

정계에서 잔뼈가 굵은 그였다. 아무리 윤우가 회귀를 하고, 또 높은 학식을 가지고 있어도 정계를 읽는 눈은 윤보현 의원이 몇 수는 높았다.

거기까지 계산을 끝내자 윤우의 고개가 숙여졌다.

"맞는 말씀입니다. 제 고집만 피워 죄송합니다. 뜻밖의 기회라고 생각하니 잠시 판단력이 흐려졌던 모양이네요."

"아니. 나도 자네 심정은 어느 정도 이해해. 내가 만약 자네였다면 똑같은 요구를 했을지도 모르지."

"그렇게 말씀해주시니 좀 위로가 됩니다."

경직되었던 분위기가 조금씩 풀어졌다. 윤우는 편하게 생각했다. 어차피 여기 오기 전까진 기대도 하지 않던 일이다.

"한 잔 더 드리겠습니다."

"좋지."

윤우는 와인병을 들어 윤보현 의원의 빈 잔을 채웠다. 두 사람이 다시 건배를 하며 이야기를 시작했다.

"이렇게 자네와 마주하고 있으니 그때가 생각나는군."

"그때요?"

"왜 있잖아. 예전에 남재창인가 하는 교수의 육성이 담긴 녹음 파일을 들고 나를 찾아왔었을 때 말이야. 분명 그때 자네가 그랬었지? 썩어 빠진 학계를 정화하고 싶다고."

"그랬었죠."

"그때 그 이야기를 하지 않았다면 나는 자네를 적극적

으로 도와주지 않았을 거야. 기특했지. 젊음이란 이런 걸까 하는 생각도 들었고. 자네의 연설엔 마음을 뜨겁게 달구는 뭔가가 있었거든."

"과찬이십니다."

씨익 웃은 윤보현 의원이 재차 물었다.

"그 목표는 지금도 유효한 거겠지?"

"유효하지 않았다면 제가 여기 있을 이유가 없겠죠."

"하하하. 이거 내가 쓸데없는 걸 물었군그래."

"몇 가지 계획을 준비하고는 있습니다만…… 아직은 조금 힘에 부칩니다. 그래서 의원님을 뵙자고 청한 것이기도 하고요."

윤보현 의원이 고개를 끄덕이며 글라스를 내려놓았다.

"청와대에 들여보내 주기는 어려워도 자네의 이야기 정도는 들어줄 수 있지. 좀 늦은 감이 있지만 계획하고 있는 바가 무엇인지 들어볼까?"

윤우는 가방에서 서류를 하나 꺼냈다. 얇았는데, 총 세 장으로 구성된 프린트물이었다. 윤우는 그것을 윤보현 의원 앞에 내려놓았다.

"제법 치밀하게 준비를 했군?"

상단에는 '새로운 시간강사법에 대한 소론(小論)'이라는 짤막한 제목이 들어가 있다. 윤우가 회심의 미소를 지으며 설명을 시작했다.

"몇 가지 핵심만 짚겠습니다. 우선 시간강사료에 대한 이야기를 먼저 드리고 싶네요. 인상해야 합니다. 단가도 낮을뿐더러 학교별로 차이가 큽니다. 신문을 보니 최대 4만 원까지 차이가 난다는 기사도 있더군요."

"흐음…… 세상에서 제일 예민한 문제가 바로 돈이야. 관련법이 세워진다고 해도 사립대에서 반발이 심하겠지. 쉽게 강제할 수 있는 부분은 아닐 거야."

"제가 우려하는 부분도 바로 그겁니다. 그래서 의원님께 도움을 청하려는 거고요."

윤보현은 국회의원이었다. 그것을 충분히 강제할 수 있는 법안을 만들 수 있는 자였다.

"무슨 말인지 잘 알았네. 그리고?"

"학문후속세대에 대한 정부 지원을 강화해야합니다. 꾸준히 연구성과를 올리는 강사들에게 일자리를 줄 수 있는 구체적인 대안이 필요한 시점이지요."

고개를 끄덕인 윤보현 의원이 다음 페이지로 넘겼다. 구체적인 예산 규모와 사업 진행 방향이 기술되어 있었다. 그가 턱을 쓸어 만지자 윤우가 한마디 덧붙였다.

"아직 완벽하진 않습니다. 이 부분에 대해서는 최근 여러 교수님들과 의견을 나누고 있습니다."

"신화대 쪽에 교수 모임이 있나?"

"예. '루나 클럽'이라는 곳인데, 지금은 몸집이 제법 커져 전국적인 단체가 되었습니다. 슬슬 해외에도 이름을 알리기 위해 동분서주하고 있지요."

"아, 루나 클럽. 나도 들어본 바가 있네. 거기 수장이 배용준 교수였지?"

"맞습니다."

이후로도 윤우는 동료들과 주고받은 의견을 요약해 윤보현 의원에게 전달했다. 그 정보는 그가 새로운 강사법을 발의할 수 있는 좋은 양분이 될 것이다.

설명을 다 들은 윤보현 의원은 기획안을 품 안에 넣었다. 접수하겠다는 의미였다.

"내가 도움을 줄 수 있는 방향으로 힘을 써보도록 하지."

"정말 감사합니다."

"하지만 큰 기대는 말게. 정치라는 건 자네도 잘 알겠지만 늘 변수가 발생하는 법이거든. 모쪼록 잘 되길 빌며 건배나 한 번 더 하세."

쨍—

글라스가 서로 부딪히며 깨끗한 소리를 냈다.

뉴 라이프

NEW LIFE

Scene #73 흑막(黑幕)

Scene #73 흑막(黑幕)

　신화대학교 국문과에서 긴급 교수회의가 소집되었다. 지금이 4월 초였으니, 이제 한 달 후면 전국 대학평가가 시작되기 때문이다.

　윤우가 주도한 재작년 대학평가에서 신화대 국문과는 전국 대학 국문과 중에서 5위를 기록했다. 총점 82점. 상당히 좋은 기록이었다.

　그러나 작년 대학평가에는 공을 들인 만큼 평가가 좋지 못했다. 순위는 한 계단 내려간 6위. 총점은 85점.

　점수가 올랐음에도 순위가 내려갔다는 것은 그만큼 다른 학교 국문과의 수준이 높아졌음을 의미하는 것이다.

"이번 우리 과의 대학평가 목표는 3위로 잡고 싶은데, 의견들은 어떠신지?"

서경석 교수가 제안하자 회의실이 웅성거렸다. 모든 국문과 교수들이 모여 있었으니 그중엔 윤우와 이준희 교수도 포함되어 있었다.

신화대학교 국문과의 전임교수는 원래 열 명이었지만 윤우와 이준희 교수가 최근에 합류하여 열두 명이 되었다.

중년 남자 교수가 의문을 제기했다.

"3위는 너무 높지 않습니까? 작년엔 순위가 하나 떨어지기도 했는데."

"목표는 높을수록 좋은 것 아니던가?"

"이번에 김윤우 선생이 전임으로 임용이 됐으니 평가가 조금 더 오르지 않을까요? 아무래도 전임교수비율 항목에서 점수를 더 받을 수 있을 테니까."

"그래봐야 입학 정원이 늘었으니 쌤쌤이죠. 큰 영향은 없을 걸요?"

의견이 하나 나오면 반론만 나올 뿐 좀 더 발전된 의견으로 진척되지가 않았다.

보다 못한 윤우가 나섰다.

"여러분들은 지금 큰 착각을 하고 계신 것 같네요. 몇 위를 하냐가 중요한 건 아닙니다. 지금은 어떤 부분에서 점수를 더 얻을 수 있느냐를 생각해 보는 게 우선이겠죠."

"맞아, 내가 하려던 말이 바로 그거였어! 잘 얘기했네. 김윤우 선생."

서경석 교수가 윤우를 감싸고돌았다. 재작년 강의평가 사건 이후로 윤우를 완전히 신뢰하게 된 그였다.

"뭐 좋은 아이디어라도 있나?"

"발상의 전환이 필요한 시점이 아닌가 싶습니다."

"발상의 전환?"

의미심장한 윤우의 말에 좌중이 침묵에 휩싸였다. 모두의 이목이 윤우의 입으로 집중되었다.

"문득 그런 생각이 들더군요. 평가를 받는 입장에서는 방어적이 될 수밖에 없는데…… 굳이 그럴 필요가 있을까 하는."

"그게 무슨 소린가?"

모두의 머리 위에 물음표가 떠올랐다. 한숨을 내쉰 윤우는 그들이 알아듣기 쉽게 설명해 주었다.

"대학교육평가원에서 정한 기준으로 평가를 받는 게 아니고, 우리가 먼저 그쪽에 기준을 제안하는 겁니다. 우리 학교에 유리한 방향으로요."

"그게 가능할까?"

"기준을 제안하다니, 그런 말도 안 되는……."

순식간에 회의실이 소란스러워졌다. 회의를 주재하는 서경석 교수가 두 손을 펼쳐 보이며 진정시켰다.

"조용히들 하세요. 조용히. 아직 김 선생 이야기가 끝난 것 같지는 않으니까. 자, 계속 해보게."

"방법은 간단합니다. 평가항목을 추가해 달라고 요청하는 거죠. 전국 대학에서 시간강사들에게 연구실을 제공해 주는 학교는 우리뿐이니, 시간강사 처우 부분이 신설된다면 가산점을 받을 수 있을 겁니다."

"하지만 기준을 추가하기엔 시간이 너무 촉박하지 않을까?"

다른 교수가 의문을 제기하자 윤우가 피식 웃었다.

"안 될 가능성부터 생각하면 잘 될 일도 그르치는 법입니다. 일단 되든 안 되든 해 보는 게 중요하겠죠."

서경석 교수가 고개를 크게 끄덕였다. 그리고 박수를 두어 번 치며 주변 분위기를 환기시켰다.

"김 선생의 말이 일리가 있다고 봅니다. 시작부터 초를 칠 필요는 없지요. 그럼 이번에도 김 선생이 대학평가 전담을 맡아 주겠나?"

"맡겨만 주신다면 최선을 다해보겠습니다."

거절할 이유는 없었다.

무엇보다도 윤우에겐 확실한 동기가 있었다. 한국대학교 국문과를 넘어서는 것. 나아가서는 신화대를 최고의 대학으로 평가받게 하는 것.

차성빈 교수가 버티고 있는 한국대 국문과는 정말 빈틈

이 없었다. 하지만 윤우는 강한 상대가 나타날수록 저력을 발휘하는 그런 사람이다.

'계획대로만 되면 한국대를 넘어설 그날도 이제 얼마 남지 않았어.'

그렇게 다짐한 윤우가 서경석 교수 대신 새로운 주제로 회의를 주도했다.

"그럼 우리가 추가로 제안할 수 있는 항목에 대해서 계속 이야기 해보도록 하겠습니다. 우선 내부 시설에 대해⋯⋯."

그로부터 약 2시간이 지나자 회의가 끝났다.

윤우가 큰 방향을 잡아주니 이전보다 훨씬 좋은 의견들이 쏟아졌다. 윤우가 생각지도 못한 아이디어가 나오기도 했다.

"하아, 힘드네. 김 선생님. 고생 많으셨어요."

"선생님도요."

윤우와 이준희 교수는 뒷정리를 하고 회의실에서 나왔다. 두 사람은 나란히 복도를 걸었다.

"바로 회합에 나가실 거죠?"

"그래야죠."

"운전은 제가 할게요. 저번엔 김 선생님이 하셨으니까."

이준희 교수가 말한 회합은 '루나 클럽'의 정기 모임이었다.

예전에는 근방의 작은 공간을 빌려 모임을 열었지만, 규모가 커지자 더 이상 그렇게 할 수가 없게 됐다. 이번에는 리셉션 홀을 따로 잡았다.

두 사람은 차에 올랐고, 이준희 교수가 시동을 걸고 차를 움직이기 시작했다.

"그나저나 어떡해요? 또 의도치 않게 감투를 쓰시게 됐는데."

그렇게 질문을 던진 이준희 교수는 사이드미러를 주시하며 차선을 바꾸었다. 그때까지도 대답이 없자 윤우를 힐끔 바라보았다.

그는 가벼이 웃으며 창밖을 바라보고 있었다. 도대체 무슨 생각을 하고 있는 걸까. 이준희 교수는 윤우의 머릿속이 궁금해졌다.

"귀찮지도 않아요? 뒷방 노인네들 뒷바라지 하는 거 말예요."

"제가 귀찮은 거 억지로 할 사람 아니라는 거 잘 아시지 않습니까?"

"하긴, 김 선생님은 그런 캐릭터였죠. 하고 싶은 건 끝까지 물고 늘어지는. 아무튼, 이번에도 잘 될 것 같나요?"

"해 봐야 알죠. 저는 신이 아닙니다. 논문을 잘 쓰는 법은 알아도 미래를 볼 줄은 몰라요."

"그래도 신화대 국문과의 구세주 정도는 되잖아요?"

이준희 교수의 썰렁한 농담에 윤우는 싱거운 미소로 대답을 대신했다.

강남에 위치한 컨벤션홀에 도착한 두 사람은 데스크에서 방명록을 쓰고 안으로 들어갔다. 벌써 많은 사람들이 모여 서로 이야기를 나누고 있었다.

세팅이 완벽하게 끝난 연단을 둘러보며 이준희 교수가 물었다.

"맞다. 오늘 선생님 연설하시죠? 준비는 잘 하셨어요?"

"나쁘진 않을 겁니다."

윤우는 오늘 '루나 클럽'에서 연설을 하게 됐다. 주제는 일전에 윤보현 의원을 만난 것의 연장. 강사법과 시간강사 처우에 관한 것이었다.

"윤슬아 선생님이랑 김승주 선생님은 오늘부터 나오시나요?"

"윤 선생은 잘 모르겠네요. 오늘 일이 좀 있다고 했으니까 늦거나 못 올지도요."

"그거 듣던 중 반가운 소리네."

"네?"

"아뇨, 아무것도. 잠깐 혼잣말 좀 해봤어요."

언제쯤 두 사람의 사이가 좋아질까. 윤우는 한숨을 내쉬며 걸음을 옮겼다.

"어머, 최 선생님! 오랜만이에요. 잘 계셨어요?"

"물론이죠. 그나저나 이준희 교수님은 갈수록 미모가 출중해지십니다?"

"정말요? 호호호."

다른 교수들과 인사를 나누기 시작한 이준희 교수를 뒤로 하고, 윤우는 주변을 둘러보며 배용준 교수를 찾았다. 그는 앞쪽 테이블에서 담소를 나누고 있었다.

"준비하느라 애 많이 쓰셨습니다."

윤우가 말을 걸자 배용준 교수가 일어서 그에게 악수를 건넸다. 여전히 젠틀한 풍모를 보였다.

"하하하. 아닙니다. 당연히 제가 해야 하는 일인걸요. 그런데 윤 선생님과 김 선생님은? 오늘 오신다고 들은 것 같은데요."

"곧 올 겁니다. 윤 선생은 조금 늦거나 못 올지도 모른다고 했습니다."

"그렇군요. 늦게라도 오셨으면 좋겠는데."

"어차피 학교에서 만날 수 있으니 오늘 못 오면 제가 학교에서 자리 한번 마련하겠습니다."

"멋진 제안입니다."

그렇게 한창 대화가 이어질 때, 윤우를 바라보는 시선이 두 개 있었다. 초로의 사내와 중년 남자였는데 풍기는 분위기가 범상치 않았다.

초로의 사내의 이마에는 흉터가 하나 나 있었다. 눈매도

예사롭지 않았는데, 그의 눈동자는 처음부터 지금까지 윤우만 따라다니고 있었다.

초로의 사내의 입술이 움직였다.

"좀 알아 봤는가?"

곁에 있던 중년 사내가 고개를 숙였다. 그는 초로의 사내의 비서관이었다.

"얼마 전에 윤보현 의원과 회동을 가진 것으로 파악됐습니다."

"벌써? 행보가 거침이 없군."

"사람을 좀 더 붙여야 하지 않겠습니까?"

초로의 사내의 생각이 깊어졌다. 자신들이 예상하는 것 이상으로 윤우의 보폭이 넓었다.

"아니, 저 친구가 눈치채면 곤란하니까 자네 혼자 따라다니는 걸로 매듭짓도록 하세. 당분간은."

"예, 이사님."

비서관의 입에서 이사라고 불린 초로의 사내의 정체는 한국사립대학교협의회의 한동진 이사였다.

한국사립대학교협의회, 줄여서 '한사협'은 한마디로 사립대학교의 경영진 모임이라고 할 수 있다.

추진 사업과 각종 정보를 공유하는 곳이기 때문에 단체의 이익을 우선시한다. 대학 등록금 인상폭과 부동산 등 각종 이권사업이 이곳에서 모의된다는 소문이 있다.

물론 비공개 모임이기 때문에 그것이 진실인지 아닌지
는 확인할 방법이 없다. 공익적인 사업은 널리 알리지만,
민감한 부분은 철저히 극비리로 유지되는 단체였다.

　　비서관이 이어 말했다.

　　"그나저나 걱정이 크시겠습니다. 여당 의원들 몇몇이
새로운 강사법 발의를 준비하고 있다는 소식이 들려오던
데요."

　　"뭐…… 한국대 출신 강사가 자살할 줄은 아무도 예상
을 하지 못했으니까. 인생의 낙오자는 빨리 사라져 주는
게 예의지만, 이렇게 발목을 붙잡을 줄은 우리도 몰랐
지."

　　한동진 이사는 입을 굳게 다물었다. 그 침묵 사이로 분
명한 노여움이 모습을 드러냈다.

　　"그런 상황에서 저 김윤우라는 자가 벌집을 쑤시고 다
니는군요."

　　"그게 이해가 되지 않는 점이야."

　　"무슨 말씀이십니까?"

　　비서관이 묻자 한동진 이사의 눈매가 좁아졌다.

　　"한국대 출신 엘리트 교수가 시간강사의 인권에 관심을
기울인다는 게 상식적으로 이해가 되지 않아. 엘리트 특유
의 이기심이 조금도 없어. 마치…… 이 세상과는 어울리지
않는 사람이라고 해야 할까?"

"뭔가 다른 꿍꿍이가 있는 건 아닐까요?"

한동진 이사는 아무런 반응을 보이지 않았다. 한참 전부터 그의 눈치만 살피던 비서관이 한발자국 더 가까이 다가와 조심스레 보고했다.

"실은 제가 준비한 계획이 하나 있습니다만."

비서관은 품에서 사진 하나를 꺼내 내밀었다. 단아하게 생긴 어떤 여학생의 모습이 들어 있었다.

"꽤 귀여운 아이로군. 그런데 이게 뭔가?"

"제가 포섭한 학생입니다. 신화대학교 경영학과에 재학 중인데, 국문학을 복수전공하고 있는 학생이죠."

"그래서?"

"이 학생을 이용해서 자그마한 스캔들을 하나 만들어 보는 건 어떨까 해서요. 좋은 선물이 될 겁니다."

"스캔들이라……."

쉽게 말해 미인계를 쓰자는 말이었다. 가끔 마음에 들지 않는 인사를 제거할 때 쓰던 방법이다.

실제로 뉴스에 성추행으로 고발된 일부 교수들은 그의 꾐에 빠진 것이다. 물론, 계획에 빠져들었다고 해서 성추행을 했다는 사실을 가릴 수 있는 것은 아니겠지만.

"나쁘지 않은 계획이로군. 김윤우 저 친구는 학식뿐만 아니라 깨끗하기로도 명성이 높아. 성적인 스캔들이 터진다면 치명적인 타격을 입을 거야."

"그럼 실행할까요?"

"잠깐."

한 손을 슥 들어 보인 한동진 이사는 머릿속으로 계산기를 두드렸다.

역시 가장 좋은 방법은 윤우를 자신들의 단체로 포섭하는 것이었다.

하지만 그것은 불가능하다고 결론을 내렸다. 아랫선에서 윤우와 간접적으로 몇 번 접촉을 해봤지만 보기 좋게 거절당했으니까.

실제로 윤우는 한사협의 만행을 잘 알고 있었다. 소문으로 들어서가 아니다. 전생의 시간강사 시절 여러 일들을 직접 경험했다.

그보다 더 큰 문제는 사학계의 큰손인 강태완 이사장과 그의 오른팔 민경원 총장이 뒤에서 윤우를 비호해 주고 있다는 점이었다.

'보통 내기가 아니란 말이지. 만약 윤보현 의원이 움직이기라도 한다면 골치가 아파질 거다.'

그렇게 생각한 한동진 이사는 본능적인 위기감을 느꼈다.

물론 자신과 한사협이 그에게 굴복할 거라고는 조금도 생각하지 않았다. 다만 걸리적거리는 것이 싫었을 뿐.

"좋아. 추진하도록 해. 하지만 뒤탈이 없게끔 해야 한다. 알았나?"

"명심하겠습니다."

회심의 미소를 지으며 고개를 숙인 비서관이 곧장 연회장을 떠났다.

◆

연단에 오른 윤우가 청중에게 공손히 인사했다. 많은 사람들이 박수로 그 인사에 화답했다.

윤우가 마이크를 잡았다.

"딱딱하게 말씀드리지는 않겠습니다. 열린 공간인 만큼 편하게 제 의견을 말씀드리려고 합니다. 부디 편하게 들어주십시오."

좌중이 조용해졌다. 마이크를 들고 연단 앞으로 걸어 나온 윤우가 연설을 시작했다.

"얼마 전 가슴 아픈 일이 있었습니다. 어떤 시간강사가 생활고를 이기지 못하고 자살했지요. 아마 다들 아실 겁니다. 제가 다녔던 학교 선배라서 감상에 빠진 것은 아닙니다. 사실 시간강사들의 처우 문제는 오래도록 문제가 되어 왔으니까요."

윤우는 차분히, 한편으로는 열성적으로 연설을 이어 나갔다.

부조리한 현실을 일일이 열거할 필요는 없었다. 여기 모인 모든 교수들은 시간강사이거나, 시간강사 시절을 경험한 사람들이었기 때문이다.

윤우가 현실을 꼬집을 때마다 대다수가 고개를 끄덕이며 동의를 표했다. 그만큼 시간강사들이 열악한 상황에 처해있다는 반증이기도 했다.

윤우의 연설은 대학평가로 이어졌다. 갑작스러운 주제일 수도 있지만, 시간강사라는 핵심 키워드가 일치했기에 다들 이상함을 느끼지 못했다.

"한 가지 재미있는 사실은 아무도 대학평가 기준에 대해 이의를 제기하지 않고 있다는 점입니다. 무슨 말이냐고요? 전말은 이렇습니다. 각 대학이 강의의 절반 이상을 시간강사에 의존하고 있음에도 불구하고 대학교육평가원에서는 그와 관련된 평가 기준을 마련하지 않고 있습니다. 굉장히 불합리한 일이 아닙니까? 이는 시간강사를 소모품처럼 취급하는 것과 다를 바 없습니다."

이 대목에서 몇몇 사람들이 노트북의 자판을 빠르게 두드리기 시작했다.

'교수신문'과 '대학일보' 등 대학 관련 매체에서 나온 기자들이었다. '루나 클럽'의 규모가 커지자 매스컴도 관심을 기울였다.

물론 윤우는 기자들이 이곳에 와 있다는 사실을 미리 알고 있었다.

방금 지적한 대학평가 문제도 기사화되길 바라고 말한 것이다. 이 기사를 잘 활용한다면 대학교육평가원에 압력을 넣을 수 있다.

다시 말해 일석이조(一石二鳥)의 연설.

윤우는 이 연설을 통해 시간강사 처우에 대한 문제를 제기함과 동시에 새로운 평가기준을 도입하여 신화대 국문과가 좋은 평가를 받게끔 하려는 것이다.

서광필이 살아 있었다면 시도조차 할 수 없는 일이었다.

윤우는 그의 죽음을 조금이라도 헛되게 이용할 생각이 전혀 없었다.

"모쪼록, 제가 지금 드린 말씀이 여러분들의 마음속에 오래 남았으면 하는 바람입니다. 이상 연설을 마칩니다. 감사합니다."

윤우가 허리를 숙이자 시작할 때보다 더욱 큰 박수소리가 장내를 울렸다.

윤우는 연단에서 내려왔다. 앞쪽에 이준희 교수를 비롯해 슬아와 성진이 자리를 잡고 있었다.

"일부러 언급한 거예요? 대학평가 기준이요. 뭔가 노림수 같은 느낌이 들어서요."

이준희 교수가 몸을 가까이 붙이며 질문을 던졌다. 윤우는 씨익 웃으며 고개를 끄덕였다.

"어쩐지. 아까 교수회의 때 자신만만하게 말씀하신다 했어요. 도대체 선생님은 몇 수 앞까지 내다보고 계신 거예요?"

"논문을 쓰는 것과 마찬가집니다. 논문에서 가설을 입증하기 위해서는 타당한 근거가 필요합니다. 전 그 근거 중 하나로 이 연설을 이용한 것이죠."

"근거 중 하나? 그럼 다른 계획도 있으신 거예요?"

윤우는 고개를 끄덕였지만 구체적으로 언급을 하진 않았다. 대신 화제를 돌리듯 윤우가 슬아에게 말을 걸었다.

"배용준 선생님하곤 인사 했어?"

"잠깐 이야기 나눴어. 괜찮은 사람 같더라."

"싱글이 아니신 게 유일한 흠이지."

윤우가 의미심장한 미소를 짓자 슬아는 표정을 차갑게 식혔다. 며칠 전 아버지에게 크게 당한 이후로 이런 류의 이야기엔 조금도 반응하지 않기로 했다.

"그런데 그때 아버지랑 이야기는 잘 된 거니?"

"그럭저럭?"

"그날 집으로 돌아와서 아버지가 감탄해하시더라. 예전보다 배포가 더 커졌다고. 도대체 내가 자리를 비운 사이에 무슨 이야기가 오간 거니?"

"별 얘긴 없었어."

다른 사람에게 말하지 말라는 이야기를 들었으니, 아무

리 슬아라고 해도 청와대 VIP에 대한 언급을 할 수는 없었
다.

바로 그 때였다.

'뭐지?'

윤우는 무심결에 이상한 기분을 느꼈다. 뒤통수로 쏘아
지는 강렬한 느낌.

고개를 돌려 보니 어떤 초로의 사내가 자신을 바라보고
있는 모습이 보였다.

처음 보는 얼굴이었다.

'누구지? 날 아는 사람인가?'

아무리 생각해도 기억이 떠오르지 않아 윤우는 일단 고
개를 살짝 숙여 목례했다.

'기분 나쁜 미소다.'

윤우에게 미소를 보인 한동진 이사는 몸을 돌려 연회장
을 빠져나갔다. 윤우의 시선은 한참동안 그가 떠난 그 자
리에 머물러 있었다.

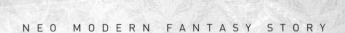

뉴 라이프

NEW LIFE

Scene #74 음모의 시작

Scene #74 음모의 시작

"슬아 이모!"

"꺄아!"

윤우의 첫째 딸 하은이와 둘째 딸 시은이가 슬아를 향해 달려왔다. 슬아는 구두를 벗고 팔을 벌려 두 아이들을 꼭 안아 주었다.

포근한 미소.

그녀와 오래도록 함께 한 윤우조차 보기 힘든 그런 얼굴이다.

"잘들 놀고 있었니?"

"웅!"

씩씩하게 고개를 끄덕이는 첫째 하은이. 시은이는 아직

어려서 말을 못해 슬아의 팔을 붙잡기만 한다.

"이모! 나 그림 그렸다? 볼래?"

"그럴까?"

하은이와 시은이가 놀이방으로 뛰어 들어갔다. 애들이 둘이라 정신이 하나도 없었다.

그때 가연이가 거실로 나왔다.

"어서 와. 자주 좀 오지 왜 그렇게 뜸했어?"

"조금 바빴어."

슬아는 들고 있던 종이백을 가연에게 건넸다. 홍삼 절편이라는 말을 덧붙였다.

"뭘 이런 걸 다 사오고 그래. 이러면 내가 미안해지잖아."

"요즘 애들 돌보느라 체력 많이 떨어졌다면서. 꾸준히 먹으면 건강에 도움이 될 거야."

"고마워."

가연은 간단히 다과를 준비해 거실로 내왔다. 슬아와 두 아이들은 거실에서 하은이가 그린 그림을 보고 있었다.

"이것 좀 먹어. 그런데 꽃놀이는 잘 갔다 왔니? 들었어. 신랑한테."

"아, 그게……."

슬아가 난처한 표정을 짓자 가연이가 웃음을 터트리며 고개를 가로저었다.

"뭐라 하는 거 아냐. 잘했어. 난 애들 때문에 나가기가 좀 어렵거든. 시은이가 요즘 아픈 바람에 병원 다녀온 게 외출의 전부야."

"가끔은 바람도 쐬고 그래. 윤우한테 애들 맡기고."

"그러고 싶어도 뜻대로 잘 안 되네."

가연은 둘째의 머리를 쓰다듬었다. 그 모습에서 슬아는 왠지 좁힐 수 없는 어떤 경이감 같은 것을 느꼈다. 저것이 어머니의 모습이구나 하는.

"그런데 전에 했던 얘기는 어떻게 되고 있어? 취업한다고 했잖아."

"일단 여기저기 알아보고 있어. 채용하는 곳이 많지 않아서 잘 되려나 모르겠네."

가연은 취업을 준비하고 있었다. 올해로 서른 살. 더 늦었다가는 아예 전업주부로 살아야 할지도 모른다는 불안감이 들었기 때문이다.

그녀의 목표는 대학교 교직원.

한국대학교 행정학과라는 학벌과 뛰어난 성적이 있었으니 유리할 법도 했지만, 나이와 두 아이의 어머니라는 점이 걸림돌로 작용할 것이다.

슬아가 물었다.

"애들은 어떻게 하기로 했어?"

"시어머니랑 친정엄마가 돌아가면서 봐 주기로 했어.

쉬는 날엔 신랑도 도와줄 거고."

"어디에 지원할 건지 물어봐도 되니?"

"일단 한국대랑 신화대 생각하고 있어. 다른 학교는 공채가 안 나왔더라."

"어디든 잘 됐으면 좋겠다."

슬아는 진심으로 응원했다. 가급적이면 그녀가 신화대에서 함께 일했으면 좋겠다는 생각을 했다. 친구로서 말이다.

그때 현관이 열리고 윤우가 안으로 들어왔다. 앉아서 놀던 아이들이 '아빠'라고 소리치며 우르르 뛰어 나갔다.

"어? 윤슬아. 여긴 웬일이야?"

"네가 직장에서 한눈팔고 있는지 아닌지 가연이한테 보고하고 있었어. 왜, 무슨 문제라도?"

"너무한 거 아니냐."

"너무하긴. 당연히 해야 하는 일이지."

빙긋 웃는 아내를 보며 윤우는 한숨을 내쉬었다. 죄를 짓지 않았는데도 죄인이 된 느낌이다.

그날 밤, 슬아가 돌아가고 아이들은 일찍 잠들었다. 오랜만에 소리 지르며 뛰어 놀았으니 금방 지칠 만했다.

윤우 내외도 일찍 잠자리에 들었다. 저녁 열 시, 샤워를 마친 가연이가 머리를 말리며 침대 곁에 앉았다. 불은 모두 꺼져 있었다.

"혹시 오늘 무슨 일 없었니?"

휴대폰을 만지작거리던 윤우가 고개를 돌렸다.

"무슨 일이라니?"

"그냥. 아까 잠깐 낮잠 잤는데 좀 이상한 꿈을 꿨거든. 불길한 꿈이라고 해야 할까."

"어떤 꿈을 꿨는데?"

"잘 기억은 안 나. 뭔가 괴물이 나온 것 같기도 하고. 아무튼 깨어나 보니까 기분이 별로 안 좋더라구. 자기 생각도 나고."

"괴물이라."

윤우가 묘한 미소를 지으며 휴대폰으로 다시 시선을 옮겼다.

"혹시 태몽 아니야?"

"태몽?"

곰곰이 생각하던 가연은 고개를 가로저었다. 피임은 확실하게 하고 있으니 그럴 일은 없었다.

지금은 중요한 시기였다. 셋째가 들어서게 된다면 취업 준비에 큰 지장을 받게 된다.

"태몽은 아닐 거야."

"몸이 안 좋다거나 하진 않고?"

"응."

그때 윤우가 가연의 어깨를 손으로 감았다. 손에 힘이 들어가니 가연은 자연스레 침대에 눕게 됐다. 윤우의 얼굴이 코앞까지 다가왔다.

두 사람의 시선이 마주쳤다.

"아니면 지금이라도 셋째 만들어 볼까?"

"안 돼."

"안 되긴."

윤우의 손이 순식간에 가연의 목욕가운을 풀어헤쳤다. 그녀의 저항은 잠깐이었다. 두 사람은 밤새 뜨거운 시간을 보냈다.

윤우의 계획대로 '루나 클럽'에서의 연설이 매스컴에 소개되었다.

정확히는 '교수신문'과 '대학일보'에 관련 내용이 실렸는데, 학계에서는 메이저급 언론이라 많은 대학 관계자들이 기사를 접했다.

그런데 거기에서 끝이 아니었다.

서광필의 자살 때문에 민감해져 있던 일반 언론들도 그 기사를 인용하며 보도를 시작한 것이다.

덕분에 윤우는 몇 개의 언론들과 인터뷰를 하며 자신의

입장을 확실히 표현할 기회를 잡았다.

"정부에서 적극적으로 나서서 평가기준을 개선해야 합니다. 그렇지 않으면 대학에서 발 벗고 나서지 않을 거예요. 그들의 입장에서는 남의 일이니까요."

"강경한 말씀인데요. 그대로 보도해도 괜찮겠습니까?"

기자가 눈빛을 반짝이며 윤우에게 물었다. 지금은 온 더 레코드 상태. 윤우는 시원하게 웃었다.

"얼마든지요. 크게 써 주시면 저야 고맙죠."

"감사합니다. 그런데 일각에서는 신화대학교 국문과에서 이번 대학평가 기준을 개선해 달라는 공문을 평가원에 보냈다는 소문이 있던데요."

"소문이 아니라 사실입니다."

"그건 좋은 평가를 받기 위한 편법 아닙니까?"

기자가 공격적으로 물었다. 서광필의 자살을 이용해 대학평가를 끌어올리려는 게 아니냐는 비판이었다.

하지만 윤우는 여전히 여유가 있었다.

"그건 좀 잘못 짚으셨네요. 대학 문화를 긍정적으로 바꾸기 위한 첫 걸음일 뿐입니다. 저희는 앞으로도 건전한 대학 문화를 만들기 위해 다방면에서 노력할 겁니다."

신화대학교가 시간강사들을 잘 챙긴다는 건 유명한 사실이었다. 윤우가 그렇게 나오자 질문을 꺼낸 기자는 더는 캐묻지 않았다.

다른 기자가 물었다.

"일부 사학계에서는 선생님의 행보에 우려를 보내고 있습니다."

"그럴 만도 하겠죠. 그들에게는 이익이 되는 일이 거의 없을 테니까요."

민감한 질문이었다. 윤우의 계획은 대학 경영진에 불이익을 가져다주는 것이었다. 시간강사를 대우해 주기 위해서는 그만큼의 예산이 필요하기 때문이다.

"예상하고 계신 일인 것 같은데요. 선생님의 생각은 어떠십니까?"

"뭐, 이해는 합니다. 인간이란 이기적인 동물이니까요. 집단의 이익을 위해 행동하는 건 당연한 일입니다."

"이해하셨다는 말은 방금 전에 하셨던 말씀과는 모순인 것 같은데요?"

"이해를 한다고 해서 그 행위를 수용하겠다는 건 아닙니다. 고칠 건 고쳐야죠. 전임교수든 시간강사든 모두가 행복할 수 있는 대학을 만들어 보일 겁니다. 반드시요. 자, 오늘 인터뷰는 여기까지 하겠습니다."

윤우는 기자들을 모두 내보냈다. 메이저 일간지 기자들이라 그런지 상대하는데 꽤 골치가 아팠다.

기다리고 있던 김준호 조교가 음료수를 하나 건넸다.

"고생하셨습니다."

"그래. 그런데 넌 어떻게 생각하나? 내가 한 말들에 대해서."

"이상론이라고 생각합니다."

윤우는 고개를 끄덕였다. 실패할 가능성이 훨씬 높은 일이다. 단단하게 굳은 땅을 다시 갈아엎는 것은 굉장한 노력에 운까지 필요한 일이다.

김준호 조교가 한마디 덧붙였다.

"하지만 선생님이시니까 가능할지도 모른다는 생각이 들어요."

"지금 아부하냐?"

"아뇨. 그런 거 아닙니다."

기분 좋게 웃은 윤우는 김준호 조교에게 연구실을 맡기고 밖으로 나왔다.

마침 저 앞에서 서경석 교수가 이쪽으로 다가오고 있었다. 윤우는 고개를 숙였다.

"기자들이 돌아가는 것 같던데. 어때. 인터뷰는 잘 끝났나?"

"예. 별문제 없게 잘 마무리 했습니다."

윤우의 어깨를 두어 번 두드린 서경석 교수. 표정을 보니 뭔가 좋은 일이 있었던 모양이다.

"무슨 좋은 일이라도 있으셨습니까?"

"아아, 그게 말야. 대학교육평가원에서 평가 지침을 바꾼다는 얘기를 들었네. 시간강사 관련 지표가 추가될지도 모른다고 하더군. 어쩌면 자네 말대로 잘 풀리겠는데?"

서경석 교수가 흡족하게 미소를 지었다. 왠지 일이 좀 쉽게 풀리는 느낌이라 찜찜했지만, 윤우는 당연한 결과라고 자신했다.

"이제부터가 시작입니다. 지표에 맞춰서 내부 개편을 해야 해요. 선생님께서 많이 도와주셔야 합니다."

"여부가 있겠나?"

"그럼 먼저 실례하겠습니다."

윤우는 서경석 교수와 헤어지고 엘리베이터를 탔다. 마침 누군가 달려오는 소리가 들렸고, 윤우는 재빨리 열림 버튼을 눌렀다.

머리가 긴 여학생이 엘리베이터에 간신히 올라탔다. 상큼한 향기가 물씬 풍겨 좋은 기분이 들었다.

"감사합니다. 아, 선생님!"

"이제 수업 끝났어?"

"아뇨. 잠깐 학과사무실에 볼일이 있었어요. 과제를 늦게 내서요. 선생님은 벌써 퇴근하세요?"

초롱초롱한 눈망울에 깨끗한 피부. 어딜 가도 미인이라고 불릴 정도로 예쁜 여자였다.

윤우도 잘 아는 사람이었다. 경영학과 학생인데, 국문과를 복수전공하고 있는 문예지라는 친구였다.

외모 때문에 기억하고 있는 것은 아니었다. 예지는 윤우의 수업을 두 번 들은 전력이 있다. 그것도 맨 앞에서. 요즘 보기 드물게 열심인 학생이었다.

"잠깐 볼일이 있어서 일찍 가려고."

"에이, 아쉽네요. 약속 없으시면 저녁이라도 얻어먹으려고 했는데. 헤헤."

예지는 귀엽게 웃었다.

하지만 윤우로서도 어쩔 수 없었다. 오늘은 스승의 날. 오랜만에 한국대학교에 들러 자신의 지도교수인 소진욱 교수와 저녁을 먹기로 했다.

"식사는 다음에 하자. 나도 챙겨야 하는 선생님이 계셔."

"알겠어요. 대신 다음엔 밥도 먹고 술도 마셔요. 네?"

"술이라. 그건 좀 생각해 보마."

윤우는 작별인사를 한 뒤 주차장으로 걸어갔다. 그 뒷모습을 바라보는 예지의 얼굴에서 점차 웃음기가 사라지기 시작했다. 이윽고 싸늘히 식었다.

완전히 다른 사람으로 변했다. 우울한 낯빛이 고스란히 드러나는 그 순간.

끼익.

그 앞으로 검은색 벤츠가 멈춰 섰다. 창문이 슬쩍 열렸고, 중년 남자가 고갯짓으로 뒤를 가리켰다. 타라는 의미였다.

예지가 뒷좌석에 올라탔다. 그러자 차가 천천히 앞으로 나아가기 시작했다.

"어때. 마음은 정했나?"

질문을 던진 자는 일전에 '루나 클럽' 회합에 모습을 드러낸 그 비서관이었다. 잠시 뜸을 들이던 예지가 두 손을 꽉 쥐며 고개를 끄덕였다.

"하겠어요."

"잘 생각했어. 뭐, 어차피 받아들일 거라고 생각했지만. 크큭."

음산한 미소.

문득 예지는 불안감이 들었다. 과연 이 사람을 믿고 움직여도 될까 하는.

"진짜 이번 일만 잘 끝내면…… 우리 아버지 빚은 다 없애 주시는 거죠?"

"두 번 말하기 입이 아프군. 속고만 살았나?"

"아, 아뇨. 그런 거 아녜요."

"기회를 줬으면 잘 이용해 먹을 생각은 안 하고. 쯧쯧. 요즘 젊은 것들이란."

대화의 주도권이 순식간에 비서관 쪽으로 넘어왔다.

애초에 타협의 여지가 없었다. 그가 움켜쥐고 있는 약점이 너무나도 컸다.

한사협의 한동진 이사는 비밀리에 불법 대부업을 벌이

고 있었다. 그리고 그 수많은 피해자 중 하나가 예지의 부모였던 것이다.

예지는 한때는 잘 나가는 집안의 외동딸이었다. 아버지가 건설업체 사장이었고, 강남에 70평짜리 아파트를 보유하고 있었다.

하지만 IMF의 여파로 인해 회사가 부도나고, 이어지는 사업들이 죄다 문을 닫으면서 가산이 급격히 증발하기 시작했다.

시간이 흘러 이제는 빚만 4억이다. 하루에 나가는 이자만 해도 감당할 수가 없는 수준. 아무리 노력해도 사채의 늪에서는 빠져나갈 수가 없었다.

거기에 아버지의 건강까지 악화되었다. 잠을 줄여가며 아르바이트를 했지만 이자는커녕 병원비도 감당하지 못했다. 죽지 못해 사는 인생이었다.

예지는 입술을 꽉 깨물었다.

싫었다. 윤우를 모함에 빠뜨린다는 것이.

그녀에게 있어 윤우는 진정으로 존경할 수 있는 선생님 중 하나였다.

편애하지 않고 모든 학생들을 골고루 잘 챙겼다. 학식이 풍부한 것은 물론, 사적인 고민들도 자기 일처럼 잘 들어주었다.

교수들에게서 흔히 볼 수 있는 그런 부정적인 권위의식

이 없는 사람이었다. 울타리가 없어 다가가기가 쉬웠다. 때로는 연모를 품기도 했다.

그래서 처음에는 고민을 많이 했다. 과연 이 남자의 제안을 받아들여야 하는지.

"쓸데없는 생각은 하지 마라. 네 부모의 빚은 네가 감당할 수 없는 돈이야. 알지? 4억. 이자까지 하면 5억이 넘겠군. 이런 일로 깨끗하게 청산하는 게 서로 이익 아닌가?"

현실과 이상의 괴리는 언제나 큰 법이다.

현실의 어려움을 이겨낼 방법이 없었던 예지는 사내의 말을 따르기로 마음을 먹었다. 윤우라면 자신을 이해해 줄 거라고 생각하면서.

"저, 보증서를 써주실 수 있나요?"

"그건 안 돼. 우리가 하는 일엔 증거가 남아서는 안 되거든."

"예……."

강압적인 비서관의 말에 예지는 금방 꼬리를 내렸다. 그렇게 검은색 벤츠는 조용히 신화대학교 캠퍼스를 빠져나가기 시작했다.

한국대학교 인문관 3층은 윤우에게 고향 같은 곳이다.

마음이 차분해지며 머리가 맑아지는 곳. 윤우는 이곳에서 박사까지 공부를 했다.

소진욱 교수 연구실에는 마침 송현우도 자리하고 있었다.

"마침 여기 다 계셨네요. 잘들 지내셨습니까?"

"요즘 왜 이렇게 얼굴을 보기가 힘드나?"

소진욱 교수가 윤우를 맞았다. 어느새 새치가 보이는 그였다. 지금은 윤민수 교수 다음으로 한국대학교 국문과에서 힘이 센 사람이다.

"워낙 바쁜 친구니까요."

얼마 전 새로 교수임용이 된 송현우도 윤우를 반갑게 맞았다. 교수가 된 데다 결혼까지 해서 그런지 이제는 한껏 여유가 느껴졌다.

송현우가 덧붙였다.

"저 친구 요즘 잘 나가잖습니까. 신문에도 자주 나오고요. 이러다 공중파에도 출연하게 생겼습니다."

윤우는 카네이션과 와인을 소진욱 교수 책상에 올려두었다. 그리고 대꾸했다.

"무슨 그런 섭섭한 말씀을 하세요. 잘 나가는 건 선배도 마찬가지죠. 신혼 재미는 쏠쏠하십니까?"

"뭐? 이 녀석이."

"결혼은 제가 선배입니다. 아시죠?"

한바탕 너스레를 떤 두 사람은 소진욱 교수의 권유에 소파에 몸을 기댔다. 두 제자를 보면 밥을 챙겨먹지 않아도 든든할 정도였다.

소진욱 교수는 옛이야기를 하며 추억을 되뇌었다.

"이제 와서 하는 말이지만 너희들이 모두 잘 돼서 기쁘구나. 윤우가 신화대로 간 건 좀 의외였지만, 그래도 거기에서 두 사람 이상의 몫을 해 내고 있으니 기특하기도 하고."

"다 선생님 덕분이죠. 제대로 인사도 못 드려서 죄송합니다."

윤우는 이제 소진욱 교수를 마음속 깊이 믿었다. 적어도 그는 자신을 배신하지 않을 거라고 생각했다.

그것은 송현우도 마찬가지였다.

그는 선배의 위치에서 적절한 조언을 해 주었다. 윤우는 그에게 정말 많은 도움을 받았다.

그때 소진욱 교수가 진지한 이야기를 꺼냈다.

"그런데 요즘 윤우 너 때문에 조금 걱정이구나."

"무슨 일이라도 있으세요?"

윤우가 물었다. 송현우도 전혀 모르겠다는 눈치였다.

"아무래도 적을 너무 많이 만드는 것 같아서 말이다. 강사법은 민감한 문제야. 여러 이해관계가 얽혀 있기도 하고."

"괜찮습니다. 뭐 별일이라도 있겠어요? 제가 틀린 이야기를 한 것도 아닌데요."

"그렇긴 하다만……."

물론 윤우는 마음을 놓지 않았다. 한사협이 얼마나 위험한 조직인지는 그도 잘 알고 있는 터.

하지만 윤우는 끝내 알지 못했다. 아끼던 제자가 자신을 향해 비수를 겨누고 있다는 사실을.

"선생님, 안녕하세요."

"어서 와라."

예지가 연구실 안으로 들어왔다. 오늘따라 꽤 신경을 쓴 외모다. 화장도 진하게 들어갔고, 입술도 반짝였다.

"안녕하세요, 조교님."

"어, 그래……."

그녀는 생긋 웃으며 김준호 조교에게도 인사했다. 준호는 마치 여신이라도 본 듯 헤벌쭉한 표정을 짓는다.

"무슨 일이야?"

"선생님도 참. 저번에 저녁 사주신다고 했잖아요. 설마 잊어버리신 거예요?"

"그런 건 아니고. 약속을 미리 잡았어야지. 선생님 바쁜 거 빤히 알면서 그래?"

윤우는 완곡히 거절했다.

특별한 약속은 없었다. 그래도 이번 달 말까지 보내줘야 하는 논문이 있었다. 게다가 대학평가도 코앞까지 다가왔다. 여유를 부릴 때가 아니었다.

하지만 예지는 포기하지 않았다.

그녀의 눈빛이 달라졌다. 윤우의 팔을 살짝 붙들며 촉촉한 눈빛으로 그를 올려다보기 시작했다.

"이것 참, 난처하군."

윤우는 한숨을 내쉬었다. 아끼는 제자가 이렇게까지 나오니 강하게 밀어낼 수가 없었던 것이다.

예지는 남자를 구워삶을 줄 알았다.

한때 바에서 일하며 웃음을 팔던 시절이 있었다. 어떻게 하면 수컷들이 좋아하는지 잘 알고 있었다.

오히려 그녀는 윤우가 쉽게 넘어올 거라고 생각했다. 경험적으로, 순수하고 깨끗한 사람일수록 색(色)에 빠져 허우적거릴 확률이 높았으니까.

예지가 다시 윤우에게 눈웃음을 쳤다.

"선생니임. 그러지 말고 나가요. 네?"

윤우는 결국 두 손을 들었다.

"알았다. 그럼 잠깐만 기다릴래? 지금 쓰는 부분은 마무리를 짓고 나가야 할 것 같아서 말이야. 대략 한 시간 정도는 걸릴 거 같구나."

"네! 얼마든지 기다릴 수 있어요."

"책이라도 보고 있거라."

예상대로 일이 풀렸다.

예지는 한시름 놨다. 이제 저녁을 먹고 자연스럽게 술집으로 장소를 옮기기만 하면 된다. 그 다음 윤우를 취하게 하는 건 일도 아니었다.

그때 윤우가 준호에게 물었다.

"저녁에 약속 없지? 너도 같이 나가자."

"저도요? 알겠습니다."

이건 계획에 없던 일이었다. 저 어수룩한 조교가 같이 가게 되다니.

순간 예지의 표정이 굳어졌지만, 자연스럽게 책장으로 걸어가 볼만한 책을 하나 골랐다. 그리고 한옆에 놓인 책상에 자리를 잡고 앉았다.

윤우가 논문을 쓰는 사이, 예지는 휴대폰을 꺼내 비서관에게 메시지로 현재 상황을 보고했다.

그로부터 한 시간 후, 윤우와 예지, 그리고 김준호 조교는 연구실을 나와 정문 쪽으로 움직였다.

윤우가 예지에게 물었다.

"뭐 먹고 싶어?"

"음…… 아무거나요."

"아무거나라는 음식은 없다. 한식, 중식, 양식, 일식. 넷

중에서 선택해 봐."

"와, 일식도 돼요? 스시는 좀 그렇고, 회 먹으러 가요!"

"회? 준호는 어때?"

"좋죠. 회 정말 좋아합니다."

김준호 조교는 마치 오늘만을 기다리고 있었다는 듯 결의에 찬 표정을 지었다.

"요즘 날씨가 따뜻해서 회가 괜찮으려나. 잘못 먹으면 고생 좀 할 텐데."

"뭐예요. 선생님. 혹시 돈 아까우신 거예요?"

"그럴 리가 있겠냐."

"뭐 어때요. 배탈 나면 학교 푹 쉴 수 있고 좋죠."

"요즘 대학생들은 팔자 좋구나."

윤우의 농담에 두 제자들이 웃음을 터트렸다.

세 사람은 학교 근처에 있는 회 전문점에 자리를 잡았다. 모듬회 중자와 전복을 시켰고 반주도 곁들였다. 횟감이 좋아서 그런지 술이 잘 넘어갔다.

윤우의 빈 잔을 채우며 예지가 물었다.

"그런데 선생님은 왜 잘 안 드세요? 아까 뭐 드셨어요?"

"아니. 회를 그리 좋아하는 편은 아니어서."

"그래요? 그럼 다른 데 갈 걸 그랬네요."

"괜찮아. 신경 쓰지 말고 많이 먹어라. 준호 너도 많이 먹고."

그렇게 한창 분위기가 좋을 때 전화벨이 울렸다. 예지의 휴대폰이었다. 액정을 확인하니 모르는 번호였다. 그때 문득 생각나는 한 사람.

"저 잠깐 화장실 좀 다녀올게요."

예지는 서둘러 밖으로 나와 전화를 받았다.

─ 잘하고 있겠지?

비서관의 목소리였다. 이 사람은 도대체 전화번호가 몇 개인 걸까. 전화가 올 때마다 번호가 달랐다.

"그럭저럭요. 제가 여기 위치 보낸 거 받으셨죠?"

─ 왼쪽을 봐라.

예지는 휴대폰을 귀에 댄 채로 고개를 왼쪽으로 돌렸다. 그러자 차창이 아래로 내려가며 비서관의 얼굴이 보였다. 그는 밤인데도 선글라스를 끼고 있었다.

예지는 깜짝 놀라 어깨를 들썩였다. 하지만 냉정을 되찾으며 그에게 물었다.

"이제 제가 어떻게 하면 되나요?"

─ 일단 술을 많이 마시게 해야겠지. 네 주특기니까 그건 잘 할 수 있으리라 믿는다.

비서관도 과거에 예지가 어떤 일을 했는지 다 알고 있었다. 아니, 예지뿐만 아니라 그녀의 가족 모두의 신상을 빤히 꿰고 있었다.

"어떻게 될지는 잘 모르겠어요. 선생님이 반주도 잘 안

하시는 거 같아서……."

― 그럼 장소를 바꿔. 술집으로. 그리고 옆에서 술시중을 들어라.

"그런데 좀 애매한 게 일행이 있어요. 선생님 조교인 데."

― 일행이?

창문 안쪽으로 보이는 사내의 인상이 찡그러졌다. 잠시 간의 침묵 후 그가 다시 지시를 내렸다.

― 최대한 따돌려 보도록 해.

"알겠어요. 그런데 선생님을 어떻게 하실 작정이에요?"

― 전에 말했던 대로 실행한다.

예지는 입술을 살짝 깨물었다. 전에 비서관은 취한 윤우를 데리고 근방에 있는 모텔로 들어가라고 했다. 그럼 그 장면을 사진으로 찍겠다고 했다.

최근 교수들의 비윤리적인 행태들이 공분을 사고 있는 상황이었다. 연구비 착복부터 시작해 입시 비리, 성추행 등으로 학계가 멍들어가고 있었던 것이다.

만약 여제자와 모텔에 들어가는 사진이 공개된다면?

매스컴과 대중들이 하이에나처럼 달려들어 물어뜯을 것 이고, 그날로 윤우는 파면을 당할 것이다.

비서관의 낮은 목소리가 들렸다.

― 다시 한 번 말하지만 네가 그 선생과 잠자리를 갖든

말든 상관은 안 한다. 모텔로 들어가는 사진만 찍을 수 있으면 돼. 실패는 없음을 명심해라. 그자는 감이 좋은 사람이라 두 번의 기회는 없을 거야. 알겠나?

"알겠어요."

전화가 끊기고 검은색 벤츠의 차창이 올라갔다. 심호흡을 한번 한 예지는 뺨을 두드리고 안으로 들어갔다.

정신을 바짝 차려야 한다.

이런 기회가 언제 또 올지 모른다. 비서관의 말대로 만약 이번에 실패하게 된다면 같은 기회를 얻기는 어려울 수도 있다.

자리로 돌아오니 윤우와 김준호 조교는 뭔가 열띤 토론을 하고 있었다. 예지는 입가에 미소를 지으며 대화에 슬쩍 끼어들었다.

"무슨 얘기를 그렇게 재미있게 하고 계세요?"

"너한텐 재미없을 거야. 준호 논문 얘기라서."

"어휴, 여기까지 와서 공부 얘기 하는 거예요? 지루하게. 왠지 조교님이 여자친구가 없는 이유를 알 것 같은데요."

"대학원생은 공부하기 위해 태어난 존재들이니까."

윤우가 농을 섞어 말하자 김준호가 쓴웃음을 지었다. 반박할 수 없는 사실이었다.

예지가 술잔을 들고 분위기를 끌어 올렸다.

"그러지 말고 한 잔 해요. 이렇게 좋은 안주가 많이 남았는데. 자 선생님, 조교님도. 짠!"

예지는 벌써 여섯 잔째를 비우고 있었다. 눈썹 하나 까딱하지 않고 소주를 넘기는 그 모습을 보며 김준호 조교가 감탄했다.

"너 술 잘 마신다?"

"이 정도는 기본이죠. 근데 조교님은 왜 그렇게 술도 못 마셔요? 남자씩이나 돼서 절반이나 남기고."

"천천히 마시는 것일 뿐이다."

"핑계는."

그 말에 자극받은 김준호가 반쯤 남은 소주를 깨끗이 비웠다. 예지는 재미있는지 깔깔거리며 웃었다.

"뭐야. 화났어요?"

"아니."

"에이. 아니긴. 우리 조교오빠 속 엄청 좁으시네."

예지는 습관적으로 회를 한 점 집어 김준호의 입에 넣어 주었다. 순진했던 준호는 그걸 덥석 받아먹고 좋다고 웃는다.

그런데 예지를 바라보는 윤우의 눈빛이 심상치 않았다. 아까부터 제자의 모습에서 이상한 느낌을 받았던 것이다.

예지가 고개를 갸웃했다.

"선생님. 왜 그렇게 보세요?"

"아무것도 아니다. 그런데 예지 너, 요즘 아르바이트 하는 거 있나?"

"아뇨. 요즘은 안 해요. 졸업 전이니 취업 준비하고 있어요."

"어떤 일 했었어?"

"그냥…… 이것저것 많이 했어요."

윤우는 고개를 끄덕였다. 그리고 더는 캐묻지 않았다.

전생의 오랜 경험이 말해주고 있었다. 예지는 화류계에 잠시 몸담았던 적이 있다고. 남자를 다루는 솜씨가 보통 이상이었다.

본능적인 자연스러움과 습관으로 굳어진 것.

둘 중 예지는 후자 쪽이었다.

'내 예상이 틀렸으면 좋겠는데…….'

서운한 마음이 드는 것도 잠시, 윤우는 예지를 걱정하기 시작했다. 어쨌든 자신의 제자였으니까 잘 되기를 바라는 마음은 다 똑같았다.

"취업 준비는 어때. 잘 되고 있어?"

"아뇨. 요즘 완전 취업 어렵잖아요. 이력서 50개는 썼는데 번번이 낙방이에요. 면접 오라는 곳도 한 군데도 없고요."

"기왕 어려운 거라면 평소에 해 보고 싶은 일을 해 보는 것도 좋아. 전화위복이라는 말도 있지. 이 위기를 기회삼아 도전해 봐. 하고 싶은 일은 없어?"

135

"있어요. 출판사에 들어가고 싶은데…… 자리가 쉽게 나지 않아서요. 자리가 있는 곳은 너무 월급이 짜고."

윤우는 고개를 끄덕였다.

"요즘 출판시장이 좀 어려우니까 쉽지 않을 거야. 들어가더라도 대우가 좋지 않을 거고. 편집자들이 어떻게 생활하는지는 아나?"

"대충 들었어요."

편집자는 예지의 진짜 꿈이었다. 지금까지는 일반 기업에 이력서를 넣었지만, 이번 일로 빚을 청산하면 본격적으로 출판사에 취업 준비를 할 것이다.

윤우에게는 미안했지만 그때부터 자신의 새 인생이 시작되는 것이다.

"그래. 열심히 해 봐라."

"네."

예지가 고개를 슬쩍 떨궜다. 표정이 우울해 보였다.

물론 그것은 조작된 표정이었다. 예지는 이것을 기회라고 생각했다.

"취업 얘기하니까 우울하네요. 선생님, 자리 옮겨서 술마시면 안 돼요? 취직 관련해서 상담드릴 것도 있고요."

"자리를 옮기자고?"

"여기는 좀 시끄럽고 해서……."

예지를 바라보는 윤우의 눈이 깊어졌다. 그녀의 행동에

서 뭔가 위화감을 느낀 것이다.

잠시 생각에 잠기던 윤우가 자리에서 일어섰다.

"내가 괜한 말을 꺼내서 우울하게 만들었구나. 2차 가자. 대신 너무 많이 마시면 안 된다. 알았지?"

"네!"

다행이다. 이것으로 한 고비를 넘겼다.

이제 비서관이 지시한 대로 일을 진행하기만 하면 된다. 손끝이 떨려왔다. 예지는 두근거리는 가슴을 진정시키고 횟집을 나섰다.

"7만 3천 원입니다."

계산을 하기 위해 카드를 꺼내던 윤우는 문득 가연의 얼굴을 떠올렸다. 불길한 꿈을 꿨다던 그녀. 카드를 집은 윤우의 손이 잠시 멈칫했다.

왜 갑자기 지금 그런 생각이 드는 걸까?

"저…… 손님?"

"아. 죄송합니다. 이걸로 계산해 주시죠."

"옙. 감사합니다. 또 오십쇼!"

영수증을 챙긴 윤우는 곁에서 기다리고 있던 준호와 밖으로 나갔다. 다섯 걸음 앞서 걷는 예지의 뒷모습이 왠지 이질적으로 느껴졌다.

윤우의 뒤에 있던 검은색 벤츠가 움직이며 소음을 냈다.

윤우는 무심결에 고개를 뒤로 돌렸다. 벤츠에 시선이 닿는 순간, 무언가 알 수 없는 불안감이 들었다.

그것은 직감이 알리는 위험 신호였다.

"선생님! 안 오고 뭐 하세요? 제가 좋은 데 알고 있어요. 저 따라 오시면 돼요."

저 앞에서 예지가 큰 소리로 외쳤다. 윤우는 손을 한번 들어 보이고 곁에 있던 김준호를 불렀다.

"하나 부탁할 게 있다."

"예, 말씀하세요."

"일단 학교로 돌아가라. 그리고……."

윤우는 귓속말로 뭔가를 지시했다. 준호는 고개를 갸웃했지만, 이내 윤우에게 인사를 하고 그의 지시대로 학교로 돌아갔다.

NEO MODERN FANTASY STORY

뉴 라이프
NEW LIFE

Scene #75 추적

Scene #75 추적

알람이 울리자 예지는 잠에서 깼다.

지독한 숙취가 식도를 타고 올라왔다. 머리가 깨질 듯 아파 몸을 일으키기가 힘들 정도였다.

눈을 뜨니 생소한 공간이 펼쳐졌다. 하지만 어색하게 놓인 TV와 냉장고, 그리고 화장대를 보니 이곳이 어디인지를 알 수 있었다.

이곳은 분명 모텔이었다.

장소를 자각하는 순간 어제 있었던 일이 퍼즐처럼 하나둘 맞춰지기 시작했다.

술자리에서 별의별 이야기들이 다 오갔다. 개인적인 고민에서부터 취업이야기까지. 어차피 술만 마시면 되는 것이었기 때문에 없는 이야기까지 만들 필요는 없었다.

시간이 지날수록 우울한 이야기들만 하다 보니 자연스레 두 사람은 술을 많이 마시게 됐다. 정확히는 기억나지 않지만, 각자 소주로 네 병 이상은 마신 것 같았다.

분명 윤우도 많이 취해 얼굴이 빨개졌었다. 화장실에 두어 번 다녀온 것과 전화를 하기 위해 나갔던 것도 기억났다. 아내가 화가 난 것 같다고 말한 것까지 생각났다.

윤우는 소문난 애처가였다. 그럼에도 자리를 뜨지 않았다는 것은 자신에게 조금이라도 사심이 있었다는 것.

그런데 문득 예지는 이상함을 느꼈다.

가장 중요한 기억이 없다.

바로 술집을 나간 이후의 기억.

지금 자신이 모텔방에 누워 있다는 것은 그가 이곳까지 데려다줬다는 말인데…….

'기억이 안 나. 누구랑 여기까지 왔는지.'

하지만 결과는 빤했다. 술집에서 윤우와 단 둘이 있었으니 아마 그가 이곳까지 데려다 줬을 것이다.

비서관이 사진을 엉터리로 찍지 않는 한 계획은 성공했을 터.

예지는 휴대폰을 확인했다. 부재 중 전화가 하나 찍혀 있었다. 모르는 번호였지만, 비서관이라는 짐작이 섰다.

시간은 새벽 2시 34분으로 찍혀 있었다.

예지는 이 방의 호수를 확인하고 전화기를 들어 카운터로 연결했다.

"205호인데요. 혹시 어제 제가 몇 시에 들어왔는지 알 수 있을까요?"

– 새벽 2시 30분쯤 들어오셨습니다. 젊은 남자분이 데려다 주셨지요. 왜 그러시죠? 뭐 문제라도.

"아뇨. 아무것도 아녜요."

"참, 12시에 방 비워 주셔야 합니다."

불친절한 안내에 알겠다고 대답한 예지는 전화를 끊었다.

계획은 성공했다.

이제 내일이면 각종 언론에서 윤우의 스캔들을 기사화할 것이다. 아마 인터넷은 더 빠를 터. 오늘 오전에 바로 기사가 올라올 수도 있다.

휴대폰으로 인터넷을 확인해 보니 네이비와 다울 포털은 조용하다. 아직 아무런 기사도 뜨지 않았다.

예지는 침대에 드러누웠다. 일말의 죄책감이 표정에 드리워져 있었지만, 곧 그것은 미소로 바뀌었다.

새로운 인생을 시작할 수 있다는 기대와 희망이 그녀의 가슴에 들어차기 시작했다.

그 무렵, 윤우는 자신의 연구실에서 생각에 잠겨 있었다. 턱을 괸 채 소파에 앉아 한참동안 미동도 보이지 않았다. 누가 불러도 대답하지 않을 정도로.

오전 9시가 되자 김준호 조교가 출근을 했다.

"선생님. 어젠 잘 들어가셨어요?"

"그래. 이리 앉아 봐라."

김준호 조교는 가방을 내려놓고 윤우의 맞은편에 앉았다. 윤우의 표정이 진지했기 때문에 조금 긴장이 들었다.

"어제 내가 이야기한 건 어떻게 됐어?"

"선생님 말씀대로였습니다. 횟집 옆에 주차되어 있던 검은색 벤츠가 계속 따라다녔어요. 차 번호도 선생님이 말씀하신 그 번호가 맞았습니다."

"그렇단 말이지……."

윤우의 표정이 심각해졌다.

자신의 예상이 하나 둘 들어맞고 있다. 즉, 이번 일은 쉽게 생각할 그런 문제가 아니라는 말이다.

누군가 음모를 꾸미고 있다.

그런 생각이 들자 윤우는 어제 일을 다시 복기해 보았다. 사실 예지를 모텔로 데려다 준 것은 윤우가 아니었다.

바로 김준호 조교였다.

윤우는 준호를 연구실로 보내 그곳에서 대기하게 했다. 그리고 술집에서 예지가 만취했을 때 준호를 불러 그녀를 데려다 주라고 부탁했다.

– 아마 예지는 모텔로 가자고 할 거다. 그러면 이 근처에 있는 곳으로 데려다 주고 바로 나와.

윤우는 그 과정에서 검은색 벤츠가 따라붙는지 확인하라는 말도 덧붙였다. 횟집에서 나올 때 벤츠의 번호판을 기억했고, 그 번호를 알려 준 것이다.

일단 윤우가 시키는 대로 했지만 김준호 조교는 왜 그래야 하는지 이유는 듣지 못했다.

그래서 질문을 던졌다.

"그런데 왜 시키신 건가요? 그 검은색 벤츠가 따라다니는지 살펴보라고 하신 거요. 아무리 생각해도 무슨 일인지 모르겠습니다."

"아무 것도 아니야. 신경 쓰지 마라."

더 이상 김준호를 이번 사건에 끌어들여서는 안 된다고 판단했다. 윤우는 단호히 고개를 가로저었다.

김준호 조교는 눈치가 빠른 편이었다. 자신이 낄 문제가 아니라는 판단이 들자 슬그머니 자리에서 일어섰다.

"그럼 전 도서관에 좀 다녀오겠습니다. 반납하거나 빌릴 책 있으신가요?"

"아니. 괜찮아. 다녀와라."

준호가 연구실을 나서자 잠시 후 누군가가 안으로 들어왔다. 김승주였다.

"아침부터 표정이 왜 그래? 제수씨랑 한판 싸우기라도 한 거냐?"

이제는 마치 자신의 연구실인 양 편하게 소파에 앉는 승주. 씨익 웃은 윤우는 커피포트 앞으로 가 커피를 두 잔 받았다.

"싸울 일 없어. 우리 아직 신혼이야."

"뭔 헛소리야. 애가 둘인데 신혼은 무슨. 가연이가 다른 남자 만나러 다니는 건 아닌지 감시 잘 해라. 지금 바람나기 딱 좋을 때야."

커피가 든 잔 두 개 중 하나를 승주 앞에 내려놓고 윤우가 다시 소파에 앉았다.

"헛다리 그만 짚어. 어제 좀 일이 있었어."

"무슨 일?"

승주는 휴대폰을 만지작거리며 대수롭지 않게 물었다. 승주라면 믿을 수 있는 사람이었다. 충분히 이 문제에 대해 조언을 들을 수 있을 것이다.

윤우가 진지하게 목소리를 깔았다.

"누군가 음모를 꾸미고 있는 거 같다."

"음모라니? 갑자기 그게 무슨 소리야."

승주가 깜짝 놀라 이쪽을 바라보았다. 윤우는 커피를 홀짝이며 어젯밤 예지와 있었던 모든 일을 그에게 상세히 설명해 주었다.

"흐음, 그 친구의 행동이 수상하긴 해도 우연의 일치가 아닐까? 검은색 벤츠는 그렇게 희귀한 차는 아니잖아. 벤츠를 소유한 신화대 교수가 그곳에 있었던 걸 수도 있고. 오비이락(烏飛梨落)이라는 말도 있잖아."

"처음엔 나도 그렇게 생각했다. 하지만 상황이 진행될수록 이상한 기분이 들더군. 우연이 반복되면 필연이 되는 법이지."

"뭐, 네 감은 언제나 정확했으니까. 그럼 간단한 문제잖아. 예지라는 그 친구를 불러다가 직접 물어보면 되지 않을까?"

윤우는 고개를 가로저었다.

"확실한 증거가 있어야 그 녀석도 실토를 하겠지. 만약 모든 게 사실이라면 정말 독하게 마음을 먹고 일을 벌인 걸 거야. 간단한 방법으로는 해결할 수 없어."

승주는 고개를 끄덕였고, 윤우가 계속 말을 이었다.

"스승의 날 때 잠시 한국대에 들렀던 거 내가 이야기 했었나?"

"아니. 오늘 처음 듣는 얘기야."

"그때 소진욱 선생님께서 조심하라는 말씀을 해 주셨어. 한사협에서 날 노리고 있을지도 모른다고. 그래서 더욱 의심을 할 수밖에 없는 상황이야. 소진욱 선생님, 입 무거운 거 너도 잘 알잖아. 웬만해서는 이야기하지 않는 분이지."

"한사협에서?"

승주는 뭔가 감이 잡힌다는 표정이었다. 시간강사들 중 한사협의 만행을 모르는 사람은 없었다. 그만큼 악명을 떨치는 곳이었다.

승주가 고개를 끄덕이더니 다시 입을 열었다.

"역시 강사법 때문인가?"

"적어도 난 그렇게 생각해."

"하긴, 강사법이 바뀌면 사립대학들이 피해를 보게 될 테니까. 그래서 미리 손을 쓰려고 한 건가? 요즘 네가 새 강사법으로 주목을 받고 있으니."

"그래. 아무래도 내가 윤보현 의원과 접촉했던 게 외부로 흘러나간 것 같아."

"몸 사려야 하는 거 아니냐? 신화대학교도 사립대학인데. 아무리 이사장과 총장이 뒤를 봐준다고 해도 협회 차원에서 문제가 불거지면 큰일 날 수도 있어."

승주의 진심어린 충고에 윤우는 고개를 끄덕였다.

"당분간은 조심할 필요가 있겠지. 무엇보다도 그 검은색 벤츠, 조사를 좀 해봐야겠어. 뭔가 배후가 있는 게 분명해."

그때 좋은 생각을 떠올린 승주가 휴대폰을 검색했다. 그리고 메모지에 뭔가를 적어 윤우에게 건넸다.

그것은 주소와 연락처였다.

"이게 뭐냐?"

"삼촌이 심부름센터 하나 하고 있거든. 이런 일도 맡아주니까 시간 날 때 한번 찾아가 봐. 내 소개로 왔다고 하면 도움을 줄 거야. 좀 괴팍한 성격이긴 해도 믿을 만한 사람이다."

"땡큐."

"물론 공짜는 아니고."

"알았어. 슬슬 강의나 가 봐라. 늦겠다."

"다음에 보자고."

승주가 강의를 하러 나가자 윤우도 연구실을 나서 승주가 알려 준 주소로 차를 몰았다.

서울 송파구에 위치한 한적한 곳이었는데, 80년대에 지어진 건물인지 굉장히 낙후해 보였다. 윤우는 근방에다가 차를 세우고 건물 안으로 들어갔다.

낡아빠진 목재 간판이 눈에 들어왔다.

'김팔봉 심부름센터'

이름이 김팔봉인 모양이었다. 윤우는 지저분한 계단을 밟고 2층으로 올라갔다. 거미줄이 군데군데 쳐져 있는 낡은 문이 시야에 들어왔다.

똑똑.

문을 두드리자 안에서 들어오라는 목소리가 들렸다.

"응? 손님이쇼?"

"처음 뵙겠습니다. 김윤우입니다."

"이거 희한한 일이네. 요 근래에 개미새끼 한 마리도 안 보였었는데. 오늘 꿈자리가 좋았나? 허헛!"

중년의 사내는 추레한 옷을 걸치고 있었다. 외모도 그랬다. 면도를 오랫동안 하지 않았는지 턱에 수염이 가득했고, 머리도 기름져 있었다.

사내는 짜장면을 먹던 젓가락을 내려놓고 윤우가 건네는 명함을 받았다.

"호오. 신화대학교 국문과 조교수라…… 교수 양반께서 이 누추한 곳엔 어인 일로 오셨나?"

"승주의 추천을 받아서 왔습니다. 도움이 될 거라고 하더군요."

"아, 승주? 고 녀석. 이렇게 손님을 보내주는 날도 있네. 맞소. 내가 승주 삼촌이요. 하하하. 이거 미안하구려. 귀하신 손님인데 내줄 것도 없고."

"괜찮습니다."

"짜장면이라도 좀 들겠소?"

김팔봉은 먹다 남은 짜장면을 들어 보이며 미소를 보였다. 윤우는 마음만 받기로 했다.

"괜찮습니다. 그나저나 이름이 특이하시군요. 우뚝 솟은 봉우리를 뜻하는 팔봉(八峰)인 겁니까?"

"역시 국문과 선생이라 잘 아는군."

"팔봉이라는 이름을 아호나 필명으로 사용하는 경우가 좀 있지요."

"에이, 쯧. 머리 아픈 얘기는 거기까지 하고. 그래서 무슨 일로 날 찾아왔소?"

"부탁드리고 싶은 일이 있습니다. 이 차량의 소유주와 사용하는 사람에 대해 알아봐 주셨으면 좋겠는데요."

윤우는 차량 번호를 적어 둔 쪽지를 김팔봉에게 건넸다. 쪽지를 확인한 그는 인상을 찡그리며 윤우를 올려다봤다.

"어떤 차요?"

"검은색 벤츠입니다. 강남구 역삼동 한국사립대학교협의회 쪽을 돌아보시면 좋을 것 같습니다. 의심되는 부분이 좀 있어서요."

김팔봉은 차 번호가 적힌 쪽지에 '검은색 벤츠', '역삼동', '한국사립대학교협의회'를 추가했다.

"정리하자면, 그쪽 협회 차량이라고 의심하는 거요?"

"맞습니다."

"흐음."

김팔봉이 나지막한 신음을 흘렸다. 윤우는 제대로 사람을 찾아왔다고 생각했다. 다른 것은 몰라도 그의 눈빛에서 대단한 집념을 느꼈기 때문이다.

잠시 후 김팔봉이 무릎을 탁 쳤다.

"좋아. 의뢰 기간은 일주일. 사례금은 작은 걸로 두 장 주쇼."

"작은 거라면 100만 원입니까?"

"그럼 10만 원이겠어?"

"알겠습니다. 절반을 선급금으로 지급하고 나머지는 일이 완료되는 대로 지급하지요."

"마음대로. 여기 뒷면에 계좌 있소."

김팔봉이 자신의 명함을 건넸다. 누리끼리하게 탈색된 명함이었는데, 과연 뒷면에 계좌번호가 적혀 있었다.

만족스럽게 웃은 윤우는 자리에서 일어서며 그에게 악수를 청했다.

"그럼 잘 부탁드립니다."

"걱정 붙들어 매쇼. 내가 이 잡듯 찾아 줄 테니."

과연 김팔봉은 이름값을 톡톡히 해 냈다.

윤우가 정식으로 조사를 의뢰한 날로부터 3일이 지나자 그가 연락을 해 왔다. 사진을 몇 장 찍었으니 확인해 보라는 연락이 온 것이다.

"어서 오쇼. 거기 테이블에 사진 몇 장 있으니 한 번 보시구랴."

김팔봉은 오늘도 짜장면을 먹고 있었다. 윤우의 수임료 덕분인지 오늘은 탕수육도 있다.

"고생 많으셨습니다."

"고생은 뭐. 생각보다 쉽게 풀렸소. 이럴 줄 알았으면 작은 거 한 장만 받을 걸 그랬어."

"아닙니다. 충분한 대가라고 생각합니다."

"껄껄껄! 당신 참 마음에 드는군. 맞아. 사람이라면 모름지기 인정을 베풀어야 하는 법이지."

윤우는 사진을 집어 들었다. 몰래 찍어서 그런지 구도가 좋지 않았는데, 그럼에도 검은색 벤츠에서 내리는 사람의 얼굴을 분명히 확인할 수 있었다.

'잠깐, 이 사람은?'

분명 기억에 있는 사람이었다. 이마에 흉터가 있는 초로의 사내. 윤우는 미간을 찌푸리며 기억을 보다 선명하게 떠올려 보았다.

'맞아. 루나 클럽에서 연설하고 내려왔을 때야. 날 뚫어져라 쳐다보던……'

사진의 남자는 검은 선글라스를 낀 사내의 경호를 받으며 한사협 건물 안으로 들어가고 있었다. 그 말은 이번 일이 한사협과 관련이 있다는 것이기도 했다.

윤우가 물었다.

"혹시 이 사진에 찍힌 사람이 누구인지 알고 계십니까?"

"거기까지는 아직 밝혀내지 않았소. 어차피 수임 기간이 4일이나 남았잖아. 내일 느긋하게 해 보려고 했지. 사진이 나온 이상 시간문제니까."

"그렇군요."

하지만 윤우에게는 내일로 미룰 수 없는 중요한 문제였다. 마침 좋은 생각이 떠오른 윤우는 배용준 교수에게 전화를 걸었다.

– 예, 김 선생님. 무슨 일이십니까?

"하나 여쭤볼 게 있습니다. 최근에 강남에서 열렸던 루나 클럽 회합 말입니다. 그때 한사협 쪽의 인사들도 참가를 했었는지요?"

– 한사협이요? 맞습니다. 제가 알기로 한 분 있습니다.

"누굽니까?"

– 한동진 이사님이 참가하셨을 겁니다. 그때 잠시 이야기를 나눈 기억이 나는군요. 다른 분들은 바빠서 오지 못했다고 들은 것 같습니다.

"한동진 이사님이요. 네, 알겠습니다. 감사합니다."

전화를 끊은 윤우는 네이비 웹사이트를 열었다. 그리고 '한동진'을 키워드로 검색을 했다.

자료가 꽤 많이 나왔다. 이미지 탭을 클릭한 윤우는 바로 첫 페이지에서 김팔봉이 찍은 사진 속 주인공을 찾을 수 있었다.

'그래, 맞아. 이 사람이다.'

예리한 눈매. 그리고 이마에 난 흉터. 분명 '루나 클럽' 회합때 자신을 노려보던 그 사람이었다.

'상당히 거물인 것 같은데?'

찾아보니 그와 관련된 기사들이 굉장히 많았다. 정치권에도 연결이 되어 있는 것 같았다.

그때 문득 드는 한 가지 의문.

'예지가 왜 이런 사람과 얽혀있는 거지?'

윤우의 생각이 깊어졌다. 하지만 단서가 없는 이상 어떻게 연관이 되어 있는지 추측조차 할 수가 없었다.

'역시 본인에게 들어보는 방법밖에는 없나.'

고개를 끄덕인 윤우는 바로 예지에게 문자를 보냈다.

문예지와는 연락이 되지 않았다. 그녀는 학교도 나오지 않았다. 윤우는 제자들에게 그녀의 행방을 물었지만 아무도 알고 있는 사람이 없었다.

어쩔 수 없이 윤우는 학과사무실로 움직였다. 예지의 학적을 열람하기 위해서.

"여기 있어요. 이 주소가 맞는지 모르겠네요. 4년 전 거라서 정확하지 않을 수도 있어요. 자취하는 학생들은 집을 자주 옮기거든요."

"알았다. 고마워."

주소를 받아 든 윤우는 곧장 차를 몰고 예지의 집으로 향했다.

도착해 본 윤우는 살짝 놀랐다. 달동네라 차가 더 이상 올라갈 수가 없었던 것이다. 무너지기 직전의 건물들이 많았고, 주민들의 표정도 밝지 않았다.

'형편이 어려운 모양이구나.'

그런 생각이 들자 윤우는 가느다란 실마리를 찾을 수 있었다.

바로 핵심은 돈.

가난한 사람들에게 있어 돈은 사막의 오아시스와 같은 것이다. 만약 한동진이 돈으로 그녀를 매수했다면 충분히 이런 일이 벌어질 수 있다.

어쨌든 그것은 본인에게 확인해 봐야 하는 문제다.

윤우는 종이에 옮긴 그녀의 집 주소를 따라 달동네를 올랐다. 반시간을 헤매야 겨우 그녀의 집을 찾을 수 있었다.

페인트가 벗겨진 파란색 대문이 윤우를 맞았다.

"계십니까?"

안에서 누군가 움직이는 소리가 나더니, 곧 목소리가 들렸다.

"누구세요?"

익숙한 목소리였다. 아무래도 제대로 찾아온 듯했다. 문을 열고 나온 것은 문예지였다.

"서, 선생님……!"

"잘 지냈나?"

윤우는 들고 온 과일주스세트를 그녀에게 건넸다.

예지는 당황했다. 입을 벌린 채 한동안 말을 잇지 못했다. 반면 윤우는 여유롭게 웃으며 그녀를 바라보았다.

윤우와 술을 마셨던 그 후, 예지는 자신이 한 일이 실패했다는 사실을 알았다. 비서관은 갑작스레 종적을 감췄다. 꼬리를 완벽하게 자른 것이다.

예지는 꿈을 새롭게 시작하기는커녕 어마어마한 빚을 다시 짊어지게 됐다. 하늘이 무너지는 줄만 알았다.

그때 윤우에게 연락이 왔다.

할 말이 있다는 문자. 하지만 윤우가 이번 계획을 눈치 챈 것 같아 예지는 학교에 나갈 수가 없었다. 다시 그의 얼굴을 볼 수 있을 정도로 철면피는 아니었던 것이다.

"귀신이라도 본 것 같은 표정이구나. 그렇게 놀랄 것까진 없잖아. 내가 못 올 곳에 온 것도 아니고."

"서, 선생님이 여기까지 어떻게 오신 거예요?"

"네가 요즘 학교에 안 나오는 것 같아서. 연락도 안 되니 학적부를 확인했지. 무작정 주소를 따라오긴 했는데 제대로 찾아 온 모양이다."

그때 기침 소리가 나며 미닫이문이 슬쩍 열렸다. 병들어 보이는 백발의 사내가 몸을 내밀었다. 예지의 아버지였다.

"얘야, 손님이라도 온 게냐?"

예지는 아무것도 아니라고 설명하려 했다. 하지만 윤우가 조금 더 빨랐다.

"안녕하십니까. 신화대 국문과 교수 김윤우입니다. 따님과 상의할 것이 있어서 찾아왔습니다."

정중한 윤우의 인사에 예지의 아버지가 깜짝 놀라며 머리를 숙였다.

"아이고, 우리 선생님께서 예까진 웬일이십니까. 누추하기만 한 곳인데…… 얘야, 어서 가서 뭐라도 마실 거라도 구해 와 대접하거라. 응?"

"아버지. 어서 들어가 쉬세요. 약도 다 떨어졌는데."

"예지 말대로 하시지요. 간단히 얘기만 하고 돌아갈 겁니다. 큰 문제는 아니니 괘념치 마시고 푹 쉬세요."

"허허, 고맙습니다. 우리 딸애 잘 부탁해요. 모자란 녀석이지만 마음씨는 착한 아이랍니다."

마음씨가 착한 아이.

아버지의 한마디에 예지는 얼굴을 들 수가 없었다. 자신은 마음씨가 착한 아이가 아니었다. 비서관의 꾐에 넘어가 윤우를 절망에 빠트리려고 한 사람이다.

문이 닫히고 다시 윤우와 예지만이 마당에 남았다. 윤우가 돌아서며 물었다.

"아버지께서 많이 편찮으신가 보구나."

"폐렴이신데 병원에 가지 못해서요."

물론 병원에 가지 못하는 이유는 돈이 없어서였다.

윤우는 묵묵히 고개를 끄덕였다. 일단 예지는 자신의 방으로 윤우를 들였다.

벽지에 곰팡이가 슬어 있다. 벽이 갈라진 것은 물론, 난방도 제대로 되지 않는 것 같다. 책상은 옛날 시골에서나 보던 좌식 형태의 물건이었다.

방 안을 둘러본 윤우가 한마디 했다.

"생각보다 어렵게 사는구나."

"너무 보지 마세요. 부끄러우니까."

"그러마."

예지는 재빨리 바닥에 널린 책을 한쪽으로 치웠다. 그래도 공부를 놓고 있지는 않았는지 전공서적들이 바닥에 널려 있었다.

'이렇게 어렵게 살 줄은 몰랐군.'

윤우는 탄식을 흘렸다. 평소 잘 꾸미고 다니는 아이였는데 가세가 이렇게 기울었을 줄은 꿈에도 생각지 못했던 것이다.

방석 하나 없어 윤우가 맨바닥에 앉자 예지는 그 앞에 무릎을 꿇고 앉았다. 마치 용서를 구하는 듯한 모습으로.

고개를 들지 못한 채로 그에게 물었다.

"그런데, 왜 오신 거예요?"

"하나 물어볼 게 있어서. 너도 대충 알고 있는 것 같은 눈치인데."

윤우의 일침에 예지는 아무 대꾸도 하지 못했다. 고개가 더욱 숙여졌다. 윤우의 한숨소리가 들렸다.

"나무라는 거 아니야. 네가 왜 그랬는지 이유를 알고 싶어서 온 거다."

"죄송해요! 죄송합니다. 제가 죽일 년이에요……."

"방금 말 했잖아. 너 나무라는 거 아니라고. 난 지금도 네가 내 제자라고 생각한다."

"선생님…… 흑흑."

결국 예지는 울음을 터트리고 말았다. 손으로 눈을 훔치며 어깨를 들썩인다. 윤우는 품에서 손수건 하나를 꺼내 그녀의 눈물을 닦아주었다.

윤우는 예지가 진정할 때까지 말없이 기다려 주었다. 예지는 한참 동안 눈물을 쏟다가 고개를 들었다. 양 눈가가 시뻘겋게 부어 있었다.

"그러니 이제 솔직하게 말해 주겠니? 선생님은 들을 준비가 됐다."

"실은 말이죠……."

그것을 시작으로, 예지는 자신의 집안이 어떤 어려움을 겪고 있는지와, 또 비서관의 제안이 무엇이었는지 솔직하게 털어 놓았다.

모든 이야기를 다 들은 윤우는 고개를 끄덕였다. 그리고 품에서 사진을 한 장 꺼내 예지에게 보여주었다. 그것은 김팔봉이 몰래 찍은 사진이었다.

"혹시 너에게 접근한 사람이 여기 이 선글라스 낀 남자니?"

"예! 맞아요. 이 사람이에요."

윤우는 고개를 끄덕였다.

'모든 게 내 예상대로였어. 한동진. 그자가 연루되어 있다.'

한동진 이사는 자신이 직접 나선 게 아니라 그 수하에게 이번 일을 맡긴 것이 분명했다.

턱을 괸 윤우의 눈이 점점 깊어졌다.

정확한 증거가 없기 때문에 그를 어떻게 처리할 방법은 없었다. 하지만 이야기를 들어보니 예지가 처한 상황은 충분히 구제받을 수 있을 것 같았다.

예지가 손수건으로 눈물을 훔치며 말했다.

"죄송해요. 변명으로 들리실지 모르겠지만…… 저한테 는 선택의 여지가 없었어요."

"이해한다. 다 용서하마."

"정말이세요?"

"난 거짓말을 하지 않아."

씨익 웃은 윤우는 품에서 명함케이스를 꺼냈다. 지금까 지 받은 여러 명함들이 보관되어 있었다.

그중 윤우가 꺼낸 것은 평소 친하게 지내던 법무법인 대 표변호사의 명함이었다. 이름은 장우순. 일전에 '한국인' 커뮤니티를 운영할 때 인권 자문으로 인연을 맺은 사람이 다.

"내일 이분께 연락을 드리고 한번 찾아가 보거라. 불법 채무에 대해 조언을 해 주실 거야. 가능하면 소송을 하는 게 좋겠다. 수임비는 내가 지불할 테니 너무 걱정하지 말 고."

"선생님……."

예지는 생각했다. 자신은 도움을 받을 자격이 없는 사람 이라고. 하지만 윤우는 끝까지 그녀를 설득했고, 한참 뒤 에야 예지는 명함을 손에 쥐었다.

"왜 저를 도와주시는 건가요?"

"그게 궁금해?"

예지는 고개를 살짝 끄덕였다. 상냥하게 미소를 지으며 윤우가 말했다.

"넌 내 제자니까."

"그게…… 다예요?"

"그 이상의 이유가 필요한가?"

결국 예지는 참았던 눈물을 다시 쏟고야 말았다. 윤우의 따뜻한 마음이 고스란히 전해져왔다.

"정말 뭐라고 고맙다는 말씀을 드려야 할지 모르겠어요. 선생님."

"그냥 내 주는 거 아니야. 빌려준 거다. 나중에 출판사에 꼭 취업해서 천천히 갚아 나가면 돼. 알겠니?"

"예……."

윤우는 예지의 어깨를 다독여주고 밖으로 나갔다. 가슴이 조금 후련해진 느낌이었다. 달동네를 내려가는 그의 눈이 또렷이 빛나고 있었다.

뉴 라이프
NEW LIFE

Scene #76 대학개혁위원회

NEW LIFE

Scene #76 대학개혁위원회

"요즘 왜 이렇게 보기가 힘들어? 올 때마다 부재중이고. 강의는 제대로 하고 있는 거니?"

슬아가 오랜만에 연구실에 들렀다. 앞서 한동진 이사의 일로 생각에 잠겨있던 윤우가 자리에서 일어섰다.

"미안. 좀 알아볼 것들이 있었다."

"승주한테 얘긴 들었어. 난처한 일 있었다며? 제자가 꼬리를 쳤다고 들었는데."

슬아의 목소리에 날이 제대로 서 있었다. 귀가 베일 것 같았다.

"맞아. 그런 일이 있었지."

"어떤 계집애야?"

이번 일 때문에 슬아는 화가 꽤 많이 나 있었다. 그녀가 인정하는 윤우의 여자는 가연이뿐이었으니까.

"너무 그러지 마. 그 친구도 피해자야."

"피해자라니? 그건 또 무슨 소리니?"

"개인적으로 조사를 좀 해봤는데, 그 친구도 약점을 잡혀서 사주를 받은 모양이더라고."

이어 윤우는 예지가 처한 상황을 대강 설명해 주었다. 슬아도 천성이 나쁜 사람은 아니었기에 오해를 풀 수 있었다.

윤우가 덧붙였다.

"아무튼 가연이가 아니었으면 큰일 났을 거야. 최근에 일이 잘 풀려서 좀 방심하고 있었거든."

"가연이가? 왜?"

"안 좋은 예감이 든다고 했어. 흉몽도 꾸고. 술 먹은 그날도 전화 와서 괜한 오해를 사지 않게 조심하라고 하더라. 그래서 이렇게 별 탈 없을 수 있었지."

"확실히 네가 일을 크게 만들고 있긴 해. 이번 일에 한사협이 개입되어 있다면 조심하는 게 좋을 건데. 한동진 이사 그 사람, 우리 아버지와도 가끔 만나는 데 보통이 아닌 사람이야."

슬아는 한숨을 내쉬었다.

윤우가 걱정되었다.

윤우는 늘 자신이 옳다고 생각하는 길을 걸어 나갔다. 그러다보니 가끔 주변을 돌아보지 못하는 일도 종종 있었다.

이번 사안도 그렇다. 엄밀히 따지면, 윤우만의 문제가 아니라 그의 행보가 다른 사람에게까지 피해를 주고 있는 것이다.

"가끔 넌 무모할 때가 있어. 알고 있니?"

"알아."

"그럼 이번에는 좀 신중했으면 좋겠어. 직장 동료로서 하는 조언이 아니야. 친구로서 하는 충고야."

"충고가 아니라 협박같이 들리는데."

그 와중에도 윤우는 여유를 부리며 농을 건넸다. 한숨을 내쉰 슬아는 결국 미소를 짓는다. 그래, 이게 바로 윤우다운 모습이다.

오후 세 시. 강의를 마친 윤우가 연구실로 돌아왔다. 때맞춰 김준호 조교가 초고를 완성한 논문을 보여주었다. 윤우는 소파에 앉아 한참이나 논문을 들여다보았다.

김준호 조교는 펜과 노트를 들고 윤우의 맞은편에 앉아 그의 지적을 기다렸다.

"먼저 짚고 넘어가야 할 부분이 있다. 포스트모던이라는 용어의 대한 정의가 불확실해. 모더니즘을 계승한 의미에서의 포스트모던인지, 아니면 모더니즘 이후의 새로운 양식을 지칭하는 것인지 확실히 설명해야 할 것 같다. 각주를 써."

"아, 네. 알겠습니다."

"그런데 왜 갑자기 포스트모던을 꺼내 온 거야? 학계에서는 한참이나 유행이 지난 건데."

"그냥 개인적으로 관심이 있어서요. 어려울까요?"

"아니, 그건 아니고. 그런데 이걸로 학위논문 쓸 거야?"

"아뇨. 그건 다른 걸로……."

윤우의 지적에 김준호 조교가 위축되었다. 고개를 끄덕인 윤우는 목차부터 시작해 논문의 문제점을 광범위하게 짚어 주었다.

그러다보니 두 시간이 훌쩍 지났다. 하늘 저편에서 노을이 뻗어올 시간. 윤우는 다시 책상으로 돌아와 메일을 확인하고 쓰다 만 논문 파일을 열었다.

띠리리링.

그때 전화벨이 울렸다. 윤우는 모니터에 시선을 유지한 채 수화기를 들었다.

"네, 김윤우입니다."

- 안녕하십니까, 교수님. 저는 교육부산하 대학개혁위

원회의 남시욱이라고 합니다. 이렇게 전화로 인사드려 송구스럽네요. 통화 괜찮으십니까?

"대학개혁위원회요?"

윤우의 머릿속에 물음표가 떠올랐다. 대학개혁위원회라니, 처음 듣는 단체였다.

"통화는 괜찮습니다만, 위원회에서 무슨 일로 연락을 하셨습니까?"

- 아시겠지만 근래 대학 정책에 대한 말들이 많이 나오고 있잖습니까. 그래서 정부에서 대학개혁을 위한 특별 위원회를 만들었습니다. 거기에 전문위원으로 김윤우 교수님을 초빙하고 싶어 연락을 드린 겁니다.

이어서 남시욱은 위원회에서 진행되는 사업과 일정 등을 상세히 설명해 주었다. 잘못된 대학 정책을 바로잡는다기보다는, 타협점을 찾는 그런 단체인 것 같았다.

각계각층에서 선발된 전문가들이 모였다고 한다. 정치인은 물론 법조인, 일선 교사와 대학교수, 그리고 연구원 및 대학생과 대학원생까지 구성원의 폭이 다양했다.

하지만 윤우는 부정적인 인상을 받았다. 다양한 사람이 모인다는 것은 민주적인 과정이라 좋아 보이겠지만, 정책을 결정하는 것에는 그만큼 힘이 들기 마련이다.

실로 많은 의견들이 오갈 것이다. 중심축 역할을 누군가 제대로 하지 않는다면 배가 산으로 갈 수도 있다.

하지만 반대로 그것은 큰 기회가 될 수도 있다.

그곳에서 존재감을 제대로만 알리기만 한다면 학계의 개혁을 한발 앞당길 수 있을 것이다.

"일단 출석하도록 하겠습니다. 모임은 언제입니까?"

– 다음 주 금요일 오후 6시입니다. 간단히 저녁 식사 하시면서 이야기를 나눌 수 있는 자리를 마련했습니다.

"알겠습니다. 그럼 그때 뵙도록 하지요."

– 장소 약도는 선생님 메일로 보내드리겠습니다. 학교 메일로 보내도 괜찮겠지요?

"그렇게 해 주세요. 아, 참 하나 질문이 있습니다."

– 네, 말씀하세요.

"위원회라면 위원장이 있을 것 같은데요. 누가 위원장직을 맡게 됩니까?"

– 그건 아직 결정되지 않았습니다. 장관님께서 결재를 해 주셔야 결정되는 사안이라서…….

"그래요? 알겠습니다. 그럼 이만."

전화를 끊은 윤우는 메일을 기다렸다.

곧이어 남시욱이 보낸 메일이 도착했다. 열어보니 청사 건물 안에 있는 대회의장에서 모임이 열린다고 적혀 있었다. 간단한 식순도 포함되어 있었다.

문득 이런 생각이 들었다.

'누가 추진한 계획일까?'

윤보현 의원이 힘을 쓴 것은 아닐 것이다. 그에게 새로운 강사법에 대한 기획서를 전달하긴 했지만 아직 검토 단계였다. 그 이후로 연락이 온 것은 없었다.

'그렇다면 혹시······.'

윤우는 이내 고개를 가로저었다.

문득 떠오른 얼굴이 있었다. 이마에 흉터가 나 있던 그 초로의 사내. 하지만 그것은 억측이었다. 아직 객관적으로 드러난 증거는 하나도 없었다.

그렇게 일주일이라는 시간이 지나고 윤우는 대학개혁위원회 1차 총회에 참석했다.

윤우가 가장 먼저 확인한 것은 위원장석이었다. 누군가 앉아 있었다. 말쑥하게 정장을 걸친 사내가 윤우를 알아보고 자리에서 일어섰다.

"아, 당신이 김윤우 교수로군. 처음 뵙는군요."

"······반갑습니다."

한동진 이사가 씨익 웃으며 악수를 청했다.

"얘기는 많이 들었습니다. 요즘 활약이 대단하시다고. 주변에서 김 교수님을 모르는 사람이 없을 정도지요."

"칭찬으로 받아들여야 하는 건지 모르겠군요."

"하하하. 예민하시군."

칭찬처럼 들리지 않았다. 한동진 이사, 아니 위원장은 미소를 짓고 있으면서도 눈매가 날카로웠다.

마치 먹이를 노리는 독수리의 눈매 같았다.

그때 한동진 위원장이 날카로운 발톱을 뻗었다.

"최근에 매스컴을 통해 자주 뵙는 것 같습니다. 새로운 강사법에 관심이 많으신 것 같던데?"

"강사법뿐만 아니라 대학개혁에도 관심이 많습니다. 특히 사학비리에는 치를 떨 정도죠. 아마 그 때문에 이 위원회에 초대된 것 같습니다만."

윤우는 의도적으로 한동진 위원장을 자극했다. '사학비리' 라는 단어를 써서 말이다.

마음 같아서는 얼마 전 있었던 검은색 벤츠 사건에 대해 추궁하고 싶었다. 하지만 그것은 어리석은 행동이었다. 지금은 감성보다는 이성을 앞세워야 할 때다.

"하하하. 역시 듣던 대로 화끈한 분이시군. 젊다는 건 그래서 좋은 거지. 진보적이고 진취적인 마인드가 중요한 시점이라고 할까. 그래야 나라가 발전하는 거 아니겠습니까?"

"위원장께서 그렇게 생각하고 계신다니 다행입니다."

"뭐, 그래도 일에는 순서라는 게 있는 법이겠지요. 과격한 개혁은…… 결국 실패할 뿐이지. 그건 김 교수도 잘 알고 있겠지요?"

한동진 위원장이 씨익, 기분 나쁜 미소를 지었다. 눈빛이 묘했다. 차분하면서도 위압적이었다.

"너무 마음에 담아 둘 필요는 없습니다. 그냥 늙은이의 노파심이라고 생각하시지요. 자, 그럼 이따 봅시다."

그렇게 말을 매듭지은 한동진 위원장은 자리를 떴다.

윤우의 머릿속이 복잡하게 돌아가기 시작했다.

'예감이 안 좋아. 저자가 위원장이라면 이 위원회의 목적이 뭔지 대강 감이 잡혀.'

한사협의 중역을 맡고 있는 자가 위원장을 겸한다는 것은 시사하는 바가 크다.

한사협은 사립대학의 이익을 위해 조직된 단체.

교육부장관의 결재로 한동진이 위원장을 맡게 된 거라면, 정부에서는 학계의 악습과 비리 척결에 소극적으로 나서겠다는 말과 다를 바 없다.

그런 결론에 이르자 윤우는 깊은 실망감을 느꼈다.

'역시 참가하지 않는 게 좋았을까?'

윤우는 이내 고개를 가로저었다. 오히려 잘 된 일이었다. 한동진 위원장이 무슨 계략을 꾸미는지 철저히 감시할 필요가 있으니까 말이다.

그렇게 대회의실을 배회하던 윤우는 뜻하지 않은 사람과 맞닥뜨렸다.

"역시 너도 초대를 받았군. 오랜만이다. 김윤우."

"선생님……."

그는 한국대의 차성빈 교수였다.

위원회로의 초대는 어느 정도 예상을 하고 있던 일이였다. 그는 최근 한국대뿐만 아니라 학계에서 이름을 날리기 시작하고 있었다.

윤우가 고개를 살짝 숙였다.

"잘 지내셨죠? 최근에 정년보장 받으셨다고 들었습니다. 축하드립니다."

"뭐 그게 축하할 일인가? 어차피 시간문제였을 뿐인데. 그래도 기분은 나쁘지 않더군."

차성빈 교수가 특유의 미소를 지었다. 그의 표정에는 자신감이 넘쳐흘렀다.

그럴 만도 했다. 그가 기획한 인문과학센터가 최근 급성장을 하고 있었으니까.

윤우의 한국어문학센터가 동아시아 시장을 선점할 때 그는 유럽의 대학과 교류하며 한국대학교의 세계화에 앞장을 섰다. 그 공로로 정년보장이 된 것이다.

또한 최근에는 인문과학센터장 보직을 받아 정력적으로 사업을 추진해 나가고 있었다.

그가 센터장직을 맡고 나서부터 가치 있는 변화가 센터 안에서 일어나기 시작했다.

인문과학센터는 인문학과 자연과학의 융합을 목적으로 세워진 기관. 많은 학자들이 교류하기 시작하면서 그곳에서 새로운 학문이 태동하고 있었다.

그런 이유로, 윤우는 아직 차성빈 교수를 넘어서지 못하고 있었다. 학교가 가진 인프라의 차이가 크다보니 그 격차가 쉽게 좁혀지지 않는 것이다.

문득 강의교수로 임명된 첫날 차성빈 교수가 찾아와 내기를 제안했던 그때가 떠올랐다.

내기에서는 아직 차성빈 교수가 우위를 점하고 있다.

물론 윤우는 포기할 생각이 없었다. 아직 전세를 역전시킬만한 카드는 충분히 가지고 있었으니까. 면밀히 준비해서 하나 둘 바꿔 나갈 것이다.

윤우가 화제를 바꾸었다.

"인문과학센터는 요즘 어떻습니까? 교수일보에 소개된 기사를 봤는데 활동이 대단히 활발한 것 같더군요."

"다 네 덕분이지. 경쟁상대가 없었다면 우리 센터가 이렇게 빠른 시간 내에 클 수가 없었을 거다. 그 점에 대해서는 고맙게 생각하고 있다. 진심으로."

윤우는 그의 진심을 느낄 수 있었다.

사실 그것은 윤우도 마찬가지였다. 그를 뛰어넘기 위해, 그리고 자신의 모교인 한국대학교를 넘어서기 위해 부단히 노력해왔으니까.

만약 차성빈이 없었다면 어떻게 되었을까?

윤우의 한국어문학센터는 지금처럼 규모가 커지지 않았을 것이다. 국제어학원으로 개편되지도 않았을 것이고, 대학평가에서 상위를 차지할 수도 없었을 것이다.

즉, 차성빈은 자신의 모범적인 안티테제(Antithese)였던 것이다.

"하지만 아직 네 유명세를 따라가려면 먼 것 같군. 요즘 이것저것 말이 많던데. 신상에 별일은 없나?"

"사소한 문제들은 있습니다만, 특별한 문제는 없습니다."

"뭔가 문제가 있긴 하다는 말이로군. 하나 충고할까? 인간의 목숨은 하나다. 잘 기억하도록 해."

의미심장한 말이었다. 윤우는 긴장을 하며 정신을 바짝 차렸다.

그때 차성빈이 제안했다.

"잠깐 자리를 옮길까?"

"그러시죠."

두 사람은 대회의실을 나서 한적한 복도로 이동했다. 복도 끝에는 흡연실이 설치되어 있었다. 두 사람은 유리문을 열고 그쪽으로 들어갔다.

안에는 아무도 없었다. 차성빈은 앞주머니에서 담배를 꺼내 불을 붙였다.

"아직도 담배를 안 하나?"

"예."

"인생의 낙을 모르는 친구로군."

피식 웃은 차성빈이 담배를 양껏 빨아들였다. 그리고 연기를 내뿜으며 서두를 꺼냈다.

　"한동진 위원장에 대해 얼마나 알고 있나?"

　"한사협 이사로 활동하고 있는 사람이라고 들었습니다. 그리고 대단히 위험한 인물이라는 것도요."

　차성빈이 고개를 끄덕였다.

　"그가 위원장을 맡았다는 건 의미하는 바가 크지. 그건 너도 잘 알고 있을 터."

　"그렇습니다."

　"아마 네가 추진하는 개혁은 실패할 거다."

　차성빈이 냉정하게 평가했다.

　윤우는 반론을 할 수 없었다. 이어 그의 입에서 흘러나오는 위원회 구성을 볼 때, 이 위원회는 개혁을 위해 만들어진 조직이 아니었으니까.

　벽에 삐딱하게 기대 선 차성빈이 물었다.

　"그래도 넌 뭔가를 바꾸려 하겠지? 내가 아는 김윤우라는 친구는 그런 사람이었으니까."

　"할 수 있는 선에서는 최선을 다할 겁니다."

　"그래. 그게 내가 원하던 답이다."

　문득 이런 생각이 들었다.

　"선생님은 제 편이십니까?"

　"그게 무슨 소리지?"

"왠지 저를 도와주시려고 하시는 것 같아서요."

"착각하는군."

차성빈이 담배를 짓이겨 껐다. 그리고 이어 말했다.

"윤민수 선생님이 언젠가 나보고 이런 말씀을 하셨지. 내가 뼛속까지 회색인이라고. 나는 기회를 엿보고 있을 뿐이야. 어느 편에 붙을지는 아무도 모르지. 심지어 나도 모르고."

매듭을 지은 차성빈은 유리문을 열고 대회의실로 걸어갔다. 윤우는 그가 사라져가는 뒷모습을 보며 깊은 생각에 잠겼다.

◆

대학개혁위원회 1차 총회는 별다른 사건 없이 막을 내렸다. 향후 위원회의 활동 방향과 전문위원이 소개되었고, 서로 친목을 다지는 시간을 가졌다.

차성빈 교수의 충고는 정확했다. 대부분의 전문위원이 한동진 위원장과 친분을 드러냈다. 차성빈 교수도 그와 안면이 있는지 반갑게 인사를 나눴다.

'이번에도 쉽지 않은 싸움이 되겠어.'

하지만 윤우는 미소를 지었다. 쉬운 싸움은 재미가 없다. 쉽지 않은 싸움이 흥미를 불러일으키는 법이다.

윤우는 총회를 마치고 바로 집으로 돌아왔다. 문을 따고 안으로 들어가니 큰딸 하은이가 달려오며 품에 안겼다.

"아빠! 까까는?"

"아차, 까까 못 사왔는데. 미안해."

"아빠 미어!"

씨익 웃은 윤우는 하은이를 내려놓고 머리를 쓰다듬으며 달랬다. 그때 가연이가 나오며 한소리 했다.

"하은아. 까까는 하루에 한 번만 먹기로 했잖아? 엄마랑 한 약속 안 지킬 거니?"

"씨이. 그래도 까까 먹고 싶은데."

하은이가 볼을 부풀이며 토라졌다. 어쩜 이렇게 사랑스러울까. 윤우는 가방과 겉옷을 가연이에게 넘기며 다시 현관문을 열었다.

"아빠가 지금 가서 과자 사 올게. 잠시만 기다리고 있어. 알았지?"

"와아아아!"

윤우는 흐뭇하게 웃었다. 전생에도 그랬지만, 윤우는 어쩔 수 없는 딸바보였다.

그때 가연이가 말렸다.

"자기야. 애들 과자 많이 먹으면 안 좋아. 내가 내일 쿠키 구워줄 거니까 그냥 내버려 둬."

"그래도. 하은이 마음 상하잖아."

"안 돼."

가연이가 낮게 목소리를 깔며 엄한 표정을 지었다. 아내가 이렇게까지 나온다면 어쩔 수가 없다. 윤우는 다시 현관문을 닫고 안으로 들어왔다.

"미안하다. 하은아. 엄마가 무서우니 아빠가 다음에 사 줄게. 응?"

"아빠 미어!"

토라진 하은이는 거실로 뛰어가 TV리모콘을 꾹 눌렀다. 보고 있던 만화 프로그램이 다시 재생됐다. 한숨을 내쉰 윤우는 가연의 볼에 입을 맞췄다.

"다녀왔습니다."

"어서 와."

윤우는 안방으로 돌아와 옷을 갈아입었다. 넥타이를 푸르며 아내에게 물었다.

"시은이는? 자고 있나? 조용하네."

"아까 어머님이 오셔서 데려가셨어. 오늘 거기서 재우고 내일 데려오신대."

"그랬구나. 음? 그런데 저건 뭐야?"

윤우는 화장대 위에 올려 있는 와인병을 주목했다. 가연은 아, 하는 감탄사를 내뱉으며 설명했다.

"아까 서경석 교수님 사모님 만나고 왔거든. 선물로 주셨어. 남편 잘 부탁한다고 하시던데? 학교에 무슨 일 있는 거니?"

"사모님이? 왜 그런 쓸데없는 짓을."

아마도 대학평가 때문에 신경을 쓰고 있는 것 같다. 큰일을 이루기 위해서는 그와 가까운 사람부터 공략하는 게 순서인 법이다.

윤우가 신화대학교 국문과에서 인정을 받기 시작하면서, 가연이가 다른 교수의 부인들을 만나러 다니는 빈도도 그만큼 많아졌다.

윤우는 긍정적으로 생각했다. 교수들의 모임이 있다면, 당연히 부인들의 모임도 있는 법이니까.

"불편하지 않아? 사모님들 만나러 다니는 거. 아무래도 내가 어린 나이에 임용이 되다 보니 어딜 가도 자기가 막내일 건데."

"괜찮아. 내가 할 수 있는 건 이런 일 뿐인걸."

"무슨 소리야? 매일 밥도 해주고 빨래도 해 주잖아. 난 그 정도로도 충분해."

"정말?"

가연이가 사랑스러운 눈빛으로 윤우를 바라본다. 윤우는 쑥스럽게 웃으며 고개를 끄덕였다.

"오히려 내가 더 해줄 수 있는 게 없나 고민하고 있는 중이야. 지금도 그렇고."

진심이었다. 막내가 태어난 이후로 아내는 개인적인 시간을 전혀 갖고 있지 못했다. 친구들이 이곳으로 찾아오지 않으면 만날 기회도 없었다.

최근에는 아이들을 돌보느라 체력이 많이 떨어져 있었다. 마음 같아서는 한 석 달 친정으로 보내 푹 쉬게 하고 싶었다.

"이번 주말에 애들 데리고 장모님 뵈러 가자."

"자기 시간 괜찮아?"

"없는 시간이라도 내 봐야지. 자기 친정 간 지 오래 됐잖아."

"응, 알았어. 고마워."

그때 하은이가 달려오더니 윤우에게 매달렸다.

"아빠! 동화책 읽어 줘."

"우리 공주님 기분 풀렸구나! 그래. 어떤 책 읽어 줄까? 이리 가지고 올래? 오늘은 엄마랑 아빠랑 같이 자자."

"응!"

하은이는 또래 아이들보다도 똑똑했다. 세 살에 한글을 다 뗐고, 말도 또래보다 훨씬 잘했다. 그림에도 소질이 있어 어린이집 선생님들에게 인기가 많았다.

하지만 윤우는 크게 상관하지 않았다. 이대로 아이들이 건강하게만 자라주면 더는 소원이 없었으니까.

2013년 5월 20일, 전국대학평가가 시작되었다.

윤우는 예전처럼 능숙하게 평가단을 맞았다. 이번에는 송명준 평가위원장이 참석하지 않아 훨씬 부담이 적은 상태에서 평가에 임할 수 있었다.

결과를 한마디로 요약하자면, 신화대학교 국문과는 작년보다 많은 부분에서 좋은 평가를 받았다.

현장 답사교육이 정규 교과목으로 추가되었고, 한국어능력시험에서 일정 등급 이상을 받아야 졸업할 수 있게끔 바뀌었다. 또한 철학을 포함한 인문교양과목을 필수 과정으로 바꾸어 학생들의 지적수준을 한 단계 더 높였다.

시설적인 면에서도 호평이 이어졌다. 한국어문학센터가 국문과 산하기관으로 편입되어 규모가 커졌고, 시간강사들을 위한 세미나실과 연구실이 제공되었다.

때문에 이번에 새로 추가된 평가 항목에서 높은 점수를 받을 수 있었다. 모든 것이 윤우 덕분은 아니었다. 신화대학교 국문과 교수들이 머리를 모은 덕분이었다.

"수고했네. 일이 이렇게 되니 내년에도 김 선생에게 중책을 맡기고 싶어지는데?"

서경석 교수가 교수회의를 소집하고 공개적으로 윤우를

칭찬했다. 다른 교수들도 이의는 없어 보였다.

윤우가 대꾸했다.

"그래도 아직 부족한 점들이 많습니다. 이번 평가 결과가 나오면 그 자료를 토대로 계속 바꿔 나가야 할 겁니다."

"이 정도면 충분하지 않나? 김 선생은 만족을 모르는 사람 같아."

"우리 대학은 세계로 뻗어가야 합니다. 국내에서 다른 대학에 뒤쳐질 이유가 없습니다. 더 높은 목표를 세워야 합니다. 만족하는 순간 도태될 겁니다."

윤우의 주장에 분위기가 숙연해졌다. 유일하게 웃고 있는 것은 이준희 교수뿐이다. 그녀는 윤우의 목표를 누구보다도 잘 이해하고 있었다.

그리고 며칠 후 대학평가 결과가 공개되었다.

신화대학교의 종합평가는 4년제 대학 중 5위.

학과별로는 국문과가 전체 대학 국문과 중 2위를 차지했다.

윤우는 회심의 미소를 지으며 평가결과지를 손에 꽉 쥐었다. 이제 남은 것은 단 한 계단뿐이었다.

"이제 슬슬 국제 대학평가도 준비를 해야겠군요."

민경원 총장이 흡족하게 말을 꺼냈다. 윤우는 총장실에서 그와 면담을 하는 중이다.

4년제 대학 중 5위를 했다는 것은 경사스러운 일이었다. 신화대학교가 설립된 이래로 이렇게 높은 순위를 받은 것은 처음이었다.

대학 홍보실에서는 관련 홍보자료를 배포했고, 커다란 현수막을 대학본부에 걸기도 했다. 그것을 볼 때마다 윤우는 뿌듯함을 느꼈다.

"올해 하반기에 더 런던 타임즈에서 대학평가가 실시됩니다. 주요 지표는 역시 교육여건과 세계화, 연구영향도입니다. 거기에 슬슬 대비를 해야 하지 않을까 싶습니다."

"대비책을 논의해야겠군요."

"교수협의회에 주요 안건으로 올려두었습니다. 제가 주도하여 여론을 모아볼 계획입니다. 천체물리학과의 배용준 교수님도 지원사격을 해주실 겁니다."

"김 선생님만 믿고 있겠습니다. 이번에야말로 100위권 안에 들어야 하는데, 조금 걱정이 앞서는군요."

지금까지 신화대학교는 세계 100위권 안에 들어본 적이 없었다. 국내 대학 중 100위 안에 진입해 있는 대학은 한국대학교와 한국과학기술원뿐이었다.

"무엇이 걱정되십니까?"

"일단 제 임기가 이제 2년밖에 남지 않았습니다. 무언가를 장기적으로 추진하기에는 애매한 숫자지요."

"그 안에 분명 획기적인 변화가 있을 겁니다. 설령 임기가 끝난다고 하더라도, 후임 총장님께서 잘 해주시리라 믿습니다."

"글쎄요. 요즘 이사회 분위기가 영 좋지 않아서."

"분위기가 어떻습니까?"

"최근에 대학 구조조정 문제 때문에 말들이 많습니다. 아무래도 우리학교는 사립학교다보니까 신경 써야 하는 것들이 많지요. 전반적으로 정원 감축을 피할 수 없을 것 같고……."

최근 재무구조가 좋지 않은 대학이 속출하자 정부에서 적극적으로 나서 대학을 통폐합시키고 있다.

일명 '부실대학'으로 선정이 되면 학생들이 등록금대출을 받을 수 없게 되고, 정부가 대학에 지원하는 자금도 차단되는 등 불이익이 많아진다.

일선 대학에서는 비인기학과를 통폐합시켜 정원을 줄이는 방안을 추진하고 있지만 여러 가지 현실적인 문제들이 앞길을 가로막고 있었다.

"정원 감축은 어쩔 수 없는 시대의 흐름입니다. 장기적으로 봤을 때 국내 출산율도 낮아질 거고, 대학 진학률도 많이 떨어질 테니까요."

"맞습니다. 장기적으로는 적절한 정책이지만, 단기적으로는 다른 문제들도 있습니다. 예를 들면……."

민경원 총장이 윤우의 눈치를 슬쩍 보았다. 순간 뭔가 낌새를 느낀 윤우의 표정이 심각해졌다.

"혹시 저에 대한 이야기도 나온 겁니까?"

"에, 그게……."

민경원 총장이 한숨을 내쉬었다. 그리고 말을 이었다.

"이거, 더 이상은 숨길 수가 없겠군요. 사실은 그렇습니다. 이사장님께서 변호를 해 주시고 계시지만, 아무래도 다른 이사들이 김 선생을 비판하고 있어요."

"새로운 강사법 때문에요?"

"그런 것도 있고, 아무래도 김 선생님이 사립학교 교수이다보니…… 한사협의 정책과 맞서는 것이 그들의 눈에는 이상하게 보이겠지요. 뭐어, 저도 대학 개혁에 대해서는 김 선생님과 생각이 비슷하지만 말입니다."

민경원 총장이 사람 좋게 이야기했다. 윤우에게 오해를 사고 싶지 않다는 의미였다.

윤우는 충분히 이해했다. 언젠가는 불거질 문제였다. 만약 자신이 국립대인 한국대학교 소속이었다면, 한사협의 입김에서 보다 자유로웠을 것이다.

문득 슬아의 충고가 떠올랐다. 동시에 차성빈 교수의 충고도 머릿속을 스치고 지나갔다. 그는 자신이 추진하려는 개혁이 실패할 거라고 단정했다.

'과연 내가 하려는 일이 옳은 것인가?'

근본적인 의문에 빠진 윤우가 고개를 들었다. 민경원 총장을 뚫어져라 바라보며 이렇게 물었다.

"단도직입적으로 여쭙겠습니다. 총장님께서는 제가 어떻게 했으면 좋겠습니까?"

"난감한 질문이군요."

민경원 총장이 자리에서 일어섰다. 그는 뒷짐을 지고 한참 동안 총장실 내부를 배회했다.

"개인적으로는 김 선생님을 응원하고 있습니다. 하지만 역시…… 총장의 입장으로는 선생님께서 조금 자중하시는 게 좋지 않을까 하는 마음도 있습니다."

"그렇군요. 잘 알겠습니다."

윤우는 일어섰다. 그는 민경원 총장에게 꾸벅 인사를 하고 밖으로 걸어 나갔다.

윤우는 대학본부 건물 옆쪽에 있는 흡연구역으로 나갔다. 담배를 태우지는 않았지만, 왠지 가슴이 답답해 바람을 쐬고 싶었던 것이다.

자신을 응원해주던 민경원 총장도 부정적인 견해를 보였다. 아마 강태완 이사장도 비슷한 입장일 것이다.

윤우의 입에서 한숨이 흘러 나왔다. 그는 고개를 들고 맑게 갠 하늘을 올려다보았다.

'모두가 반대하는 일을 계속 해도 괜찮은 건가.'

쉽게 답을 내릴 수는 없었다. 새로운 강사법은 대학 개혁의 시작일 뿐이었다. 처음부터 물러선다면 이후의 일을 추진할 수가 없다.

하지만 주변 사람들이 걱정을 하고 있다. 이대로는 위험하다고. 주변을 더 둘러보라고. 윤우는 그들의 목소리를 무시할 수가 없었다.

"김윤우 선생님."

누군가가 자신을 부르자 윤우가 고개를 그쪽으로 돌렸다. 예쁘게 미소를 짓고 있는 여학생이 보인다. 문예지였다.

"여기서 뭐 하고 계세요? 선생님 담배 안 피우시잖아요."

"그러는 넌 담배 피우러 왔어?"

"아뇨. 선생님 보이길래 왔죠."

"그냥 바람 쐬고 있었다. 요즘 학교는 잘 나오고 있어?"

예지는 부끄럽게 웃으며 고개를 숙였다.

"선생님 덕분에요. 감사 인사를 드리려고 했는데 이제야 뵙네요. 죄송해요."

"괜찮아. 일은 잘 해결되고 있나?"

"빚이 많이 감면될 것 같아요. 장우순 변호사님이 많이

도와주셨어요. 재판을 하고 나면 조금 숨통이 트일 거래
요."

"다행이구나."

윤우는 진심으로 기뻐했다. 좋은 일을 하고나면 그간의
힘들었던 일이 모두 잊히는 법이다.

"선생님, 이거 드실래요?"

"뭔데?"

"달달한 거 먹으면 고민이 사라진대요. 기분도 좋아지
고요. 저도 우울할 때 늘 이거 먹어요."

예지가 꺼낸 것은 사각 초콜릿이었다. 윤우는 미소를 지
으며 그것을 받아들었다. 안 그래도 머리를 많이 썼더니
달달한 게 당기던 차였다.

"기분 안 좋은 건 어떻게 알았어?"

"왠지 외로워 보이셔서요. 여자들은 딱 보면 알거든요.
혹시 사모님이랑 다투신 건 아니죠?"

"아니다. 그런 거."

윤우는 초콜릿의 껍질을 벗겨 입안에 쏙 넣었다. 살살
녹으며 달달한 풍미가 입안에 가득 찼다. 가슴이 조금 뚫
리는 듯한 느낌이 들었다.

"고맙다. 위로가 됐어."

"기운 내세요. 무슨 일이 있는지는 모르겠지만 제가 응
원할게요."

고개를 끄덕인 윤우는 손을 들어 작별 인사를 건넸다.
그리고 문리관으로 발걸음을 옮겼다.

NEO MODERN FANTASY STORY

뉴 라이프
NEW LIFE

Scene #77 Mr. President

방학을 앞둔 6월 초, 윤우는 대학개혁위원회에서 2차
총회가 잡혔다는 통보를 받았다. 참석하겠다고 회신한 다
음 즉시 연구실을 나섰다.

오늘은 슬아의 아버지인 윤보현 의원과 간단히 점심 식
사를 하기로 약속을 잡았다. 그에게 기획안을 건넨 지 두
달 만에 연락이 온 것이다.

"어서 오게."

"그간 잘 지내셨습니까?"

"별일은 없었어."

윤보현 의원은 얼굴이 좋아 보였다. 보궐선거를 앞두고
여당이 압도적인 우세를 보였기 때문이다. 이제 윤보현 의

원이 여당 총재가 될 것이다.

어쩌면 추후에 대선에 출마할지도 모르는 일이다. 일전에 슬아에게 살짝 물어본 적이 있었지만, 그녀도 거기까지는 잘 모르겠다고 답한 적이 있었다.

"자네는 살이 좀 빠진 것 같은데?"

"예, 요즘 이것저것 일이 많아서요. 몸이 세 개라도 모자랄 판입니다."

그때 웨이터가 주문을 받기 위해 다가왔다. 주문은 윤보현 의원이 평소에 먹던 것으로 정했다. 웨이터가 물러가자 그가 소탈히 웃으며 윤우에게 말했다.

"딸애도 바쁜지 얼굴 보기가 힘들더군. 슬아 녀석은 신화대에서 잘 해내고 있나? 언제 한번 연구실에 찾아가야 할 텐데 영 시간이 나지 않으니."

"신화대학교의 보물입니다. 칭찬이 자자합니다."

"허허허, 그거 잘 됐군. 이제 남편감만 찾으면 되겠는데. 자네가 좀 도와줄 수 없겠나?"

"아시잖습니까. 슬아 눈이 좀 높아야지요."

"하긴, 그것도 그렇지. 자네만한 사람이 아니면 근처에도 가지 않을 기세던데."

"그보다 의원님."

윤우가 분위기를 잡았다. 물을 마시던 윤보현 의원은 컵을 내려놓고 그를 바라보았다.

"실례되는 말씀이지만, 제가 일전에 드렸던 기획안은 어떻게 됐습니까?"

"아아, 그거 말이네."

윤보현 의원이 쓸쓸한 표정을 지었다. 윤우는 직감했다. 잘 되지 않았다고.

"전에 각하를 뵐 일이 있어서 넌지시 말씀을 드렸었네. 대체적으로 수긍하시는 듯한 분위기였는데…… 역시 다른 의원들의 저항이 좀 있어서 말이야. 자네도 알잖나. 사학계와 정계의 유착관계를."

사학비리가 터질 때마다 문제가 되는 것이 바로 정계와의 유착이었다. 각종 뇌물이 오가다보니 솜방망이 처벌이 내려지는 것이 관례가 되었다.

사립대학 이사장들이 수백억을 해 먹고 날라도 마땅히 처벌할 수 없는 것이 현재의 실정이다. 기껏해야 임시이사를 파견하는 것이 대책의 전부다.

전생을 이어 온 윤우도 그러한 사실을 잘 알고 있었다. 그랬기에 어느 정도 마음의 준비가 된 상황이었다.

"그럼 제가 드린 기획서는 파기된 겁니까?"

"그렇게 생각해도 좋을 걸세."

윤우는 한숨을 내쉬었다.

이로써 모든 의문이 풀렸다. 대학개혁위원회가 조직된 것은 진짜 개혁을 위해서가 아니라는 것을. 분쟁을 잠재우기 위해 전시행정격으로 신설된 것이리라.

"너무 마음에 두지는 마. 살다 보면 일이 잘 풀릴 때도 있고 그렇지 않을 때도 있는 법이잖나."

"이 시점에서 제가 할 수 있는 일은 없겠죠?"

"자네에 대한 이야기가 여당 의원들 사이에서 돌고 있네. 야당의 일부 의원들도 관심을 갖고 있고. 당분간은 몸을 사리는 게 좋을 것 같아."

"의원님……."

윤보현 의원은 고개를 끄덕여 주었다. 윤우의 마음을 이해한다는 뜻이었다. 윤우는 입술을 꽉 깨물었지만 그의 말을 받아들이기로 했다.

아직은 대항할 만한 힘이 없었다. 지금은 그저 이름이 좀 알려진 대학교수일 뿐이었다. 기득권층과 맞설만한 수단이 전혀 없었다.

물론 윤우는 좌절하지 않았다.

시간은 많다. 기회는 그만큼 주어질 것이다. 지금은 이 감정을 양분으로 삼아 나중을 기약해야겠다고 판단했다.

그런데 윤보현 의원이 의외의 말을 꺼냈다.

"헌데, 각하께서 자네에게 관심을 보이시는 것 같더군. 자네가 쓴 기획서를 각하께 보여드렸었거든."

"예? 대통령께서요?"

"쉿. 목소리가 커. 여기엔 우리만 있는 게 아니라는 걸 잘 기억해 두게."

"죄송합니다."

윤우의 가슴이 뛰기 시작했다. 하지만 그는 애써 침착하며 윤보현 의원의 말을 이어 들었다.

"시간이 허락하면 자네를 한번 만나봐야겠다고 하시더군. 일단 청와대 비서실장에게 자네 연락처를 넘겨줬네. 조만간 연락이 갈지도 모르겠어."

"감사합니다, 정말 감사합니다."

"감사할 거 없어. 각하를 뵌다고 해도 문제가 크게 달라지지는 않을 테니까."

그건 사실이었다.

대통령이라고 할지라도 주변에서 반대를 하면 섣불리 움직일 수가 없다. 무리한 개혁은 역풍을 맞게 되는 것이 정계의 생리니까.

하지만 최고결정권자를 만난다는 것 자체에 의미가 있었다. 윤우는 언젠가 찾아올지도 모르는 그 기회를 반드시 붙잡아야겠다고 다짐했다.

그렇게 식사가 시작되었다.

강의를 마친 윤우는 연구실로 돌아와 컴퓨터 앞에 앉았

다. 다음 강의까지는 10분의 여유가 있었다.

네이비에 접속한 윤우의 눈에 기사 하나가 확 띄었다.

딸칵.

윤우는 즉시 기사를 클릭했다. 이야기를 하고 있는 한동진 위원장의 사진이 걸려 있었다. 제목은 이랬다. 새로운 강사법은 위험하다.

'언론플레이를 하는 건가?'

일단 윤우는 침착하게 기사를 읽어 보았다.

그의 논지는 간단했다. 강사법을 개정하기 위해서는 예산이 많이 필요하다. 지금은 시기상조이니 천천히 개정을 하는 것이 바람직하다.

마지막으로 그는 강사법 개정에 드는 예산을 아이들의 무상급식에 투입한다면 훨씬 더 좋은 결과를 낳을 것이라는 멘트를 남기기도 했다.

윤우의 눈에 분노가 서렸다.

대학 개혁을 정치적인 의도로 해석하게 하려는 수작이었다. 댓글을 보니 강사법에 들이는 예산으로 복지를 위하는 게 나을 거라는 의견이 지배적이었다.

한동진 위원장이 의도하는 대로 여론이 형성되기 시작한 것이다.

"선생님. 뭐 안 좋은 일이라도 있으세요?"

그때 김준호가 질문을 던졌다. 윤우는 한숨을 쉬며 아니라고 말했다.

"아까 윤슬아 선생님 오셨다 가셨어요. 말씀 드린다는 걸 깜빡 했네요."

"윤 선생이? 무슨 일이래?"

"특별한 말씀은 없으셨어요."

알았다고 대답한 윤우는 휴대폰을 꺼냈다. 그리고 슬아에게 전화를 걸려고 했다.

바로 그때, 전화 한 통이 걸려왔다.

모르는 번호였다. 스팸인 것 같아 받지 않으려 했지만, 얼마 전 윤보현 의원이 했던 말이 떠올라 통화 버튼을 터치했다.

－ 김윤우 교수 핸드폰입니까?

"그렇습니다만. 누구신지요?"

－ 반갑습니다. 저는 청와대 비서실장 양현준이라고 합니다.

청와대라는 단어가 언급되자 윤우의 눈이 크게 떠졌다. 하지만 놀람은 잠깐이었다. 윤우는 금세 평정을 되찾았다.

"무슨 일이십니까?"

－ VIP께서 김윤우 교수님을 만나고 싶어 하십니다.

성공이다!

윤우는 속으로 쾌재를 불렀다.

"좋은 기회를 주셔서 감사합니다. 언제 어디로 방문하면 됩니까?"

– 다음 주 수요일 저녁이 좋을 것 같습니다. 저희가 따로 차량을 보내드릴 테니 그걸 타고 오시면 되겠습니다. 주소를 알려주시겠습니까?

사심을 허락지 않는, 지극히 사무적이고 딱딱한 어조였다. 차가운 느낌이 들었다.

주소를 알려준 윤우는 문득 궁금증이 들어 질문을 던졌다.

"실례지만 질문 하나를 드리고 싶습니다. 그날 초대를 받은 건 저 한 명뿐입니까?

– 그건 저도 알지 못합니다. VIP께서 별말씀이 없으셔서요. 아직 확정된 것은 없습니다.

몇 마디 더 오가고 전화가 끊겼다.

윤우는 기쁨을 감추지 않았다. 최근에 좋지 않은 일만 연이어 일어났는데 간만에 찾아온 호재였다.

얼마 전 윤보현 의원은 달라지는 게 없을 거라고 말했지만, 그것은 그의 개인적인 견해일 뿐이다.

적어도 만나지 않는 것보다는 나을 것이다. 그렇게 판단한 윤우는 어떻게든 접점을 만들어 대통령이 관심을 가지게 할 계획을 세웠다.

'일단 어떤 사람인지 알아봐야겠지?'

윤우는 즉시 인터넷 브라우저를 열어 대통령에 대한 조사에 착수했다.

이름은 이윤수.

그는 한국대학교 출신의 엘리트였다. 48세의 젊은 나이로 대통령에 당선된 행운아이기도 했다.

문화예술에 관심이 많아 현직 예술가를 문화체육부장관으로 앉힌 그런 사람이기도 했다. 소설과 만화를 보는 것이 취미라는 인터뷰 기사가 보이기도 했다.

엘리트답지 않은 독특한 이력이 속속 드러났다. 외국 정상에게 당당하면서도 국민들에게 고개를 숙이는 남자. 친근한 외모가 돋보이는 그런 사람이었다.

하지만 그것은 그의 단편적인 정보일 뿐이다. 이미지 메이킹의 일환일 가능성이 높다.

윤우는 검색어를 '인사 청문회' 로 바꾸었다.

최근 이루어진 내각 인사를 통해 객관적으로 드러난 이윤수 대통령의 정치 성향을 분석하고자 했던 것이다. 주변이 비교적 깨끗했는지 불발된 청문회가 없었다.

윤우는 턱을 괴며 생각에 잠겼다.

'출신배경보다 실력을 중시하는 사람인 것 같아. 어느 정도 이야기는 통하겠어.'

그때 윤우는 우연히 시계를 보고는 아차 싶었다. 강의 시간이 벌써 다 된 것이다.

윤우는 재빨리 수업 교재와 출석부를 챙기고 연구실을 나갔다. 그때 마침 복도 저편에서 슬아가 이쪽으로 걸어오고 있었다.

"수업이니?"

"딴 짓 하다 늦었어. 참, 아까 왔었다면서? 전화한다는 걸 깜빡했네. 무슨 일이야?"

"별일은 아니고. 이따 예린이가 저녁 먹으러 오라고 하더라고. 시간 괜찮으면 너랑 같이 갈까 싶어서. 동생 본 지 오래 됐다면서."

"아, 그런 거였냐."

동생이 박성진과 결혼을 하고, 또 차기작을 준비하면서 얼굴 보기가 힘들어졌다. 마지막으로 본 것이 설날이었으니 족히 넉 달은 못 봤다.

예린이 이야기가 나오자 윤우의 머릿속에 문득 좋은 생각 하나가 떠올랐다.

'가만, 아까 인터뷰 기사에서 대통령이 만화를 좋아하신다고 그랬지?'

빈손으로 가기는 또 그렇고, 거창한 걸 준비할 수는 없어서 고민하던 차였다. 가볍게 동생 만화를 사인해서 주면 좋은 선물이 될 것 같았다.

윤우는 고개를 끄덕이며 같이 가자고 대꾸했다. 슬아가 몸을 돌리며 말했다.

"그럼 이따가 연락해. 나도 곧 수업이야."

"알았다."

그때 슬아가 멈칫하며 다시 몸을 돌렸다. 그러더니 윤우의 얼굴을 빤히 바라보았다.

"그런데 뭐 좋은 일 있니? 들떠 보이는데."

"아직은 몰라. 그게 좋은 일인지 나쁜 일일지는."

"그게 무슨 소리야?"

슬아는 고개를 갸웃했지만 윤우가 서둘러 움직이는 바람에 답을 듣지 못했다. 그녀는 복도에 서서 넌지시 그의 뒷모습을 바라보았다.

슬아가 윤우 대신 운전대를 잡았다. 오늘 윤우가 차를 가져오지 않아 슬아의 차로 이동해야 했다.

교차로에서 신호가 걸렸다. 슬아는 차를 세우고 윤우를 힐끗 바라보았다. 윤우는 웃고 있었는데, 문자로 가연이와 대화를 나누고 있었다.

"총장님이랑은 얘기 잘 됐니?"

"그럭저럭."

슬아는 윤우가 처한 상황을 잘 알고 있었다. 그리고 그의 아내만큼 그를 걱정하고 있기도 했다.

"어떻게 하기로 했어?"

"당분간은 조용히 지내기로 했어. 이사장님도 당분간은 기회를 엿보는 게 어떻겠냐고 하셨거든. 너희 아버지도 조금 부정적이셨고."

"가끔은 이런 생각이 들어."

"무슨?"

"네가 그냥 조용히 대학교수로 살다 늙었으면 좋겠다고."

슬아는 왠지 알 것 같았다. 윤우가 교수에서 끝날 사람이 아니라는 것을. 몇 년이 지나면 보다 높은 곳에서 꿈을 펼치고 있을 것 같았다.

그게 조금 싫었다. 왠지 윤우와 멀어질 것 같은 그런 막연한 생각이.

"전쟁터에 가는 것도 아닌데 뭐. 너무 걱정하지 마라. 당분간은 자중할 테니까."

"그래."

한 시간 뒤 윤우와 슬아는 예린의 집에 도착했다. 기업의 CEO와 잘 나가는 만화 작가답게 집이 넓고 화려했다. 가끔 와보긴 하지만 올 때마다 적응이 안 되는 곳이다.

"어서 와."

동생은 앞치마를 두르고 음식을 하고 있었다. 표정이 밝지가 않은 게 왠지 심상찮다.

"성진이는? 나갔나?"

"어휴, 좀 도와달라니까 자빠져서 TV 보고 있어."

동생은 짜증스럽게 투덜거렸다.

거실로 나가 보니 박성진은 소파에 반쯤 누워 배를 긁으며 낄낄거리고 TV를 보고 있다. 성진을 바라보는 슬아의 눈매가 매서워졌다.

"한가해 보이네?"

"어, 벌써 왔어? 일찍들 왔네. 아직 음식 다 안 됐을 텐데."

"좀 도와주지 그래?"

"난 요리에 솜씨가 없다고. 청소랑 빨래 내가 다 하는데 요리까지 도와줘야 돼?"

박성진의 입장에서는 나름 최선을 다하는 것이었다. 회사 대표다보니 미팅도 많고 출장도 많다. 그 와중에도 아내를 위해 청소와 빨래를 도맡아하고 있다.

하지만 팔은 안으로 굽는 법이다. 윤우는 오랜만에 음흉한 미소를 지어보였다.

"아무래도 내 동생 시집 잘못 보낸 것 같은데…… 윤슬아, 안 그래?"

"그러게. 이혼하는 게 낫지 않을까? 예린이가 아까워."

슬아가 한마디 거들자 박성진이 꼬리를 내렸다. 도대체

자기편은 없구나 하고 중얼거리며.

"알았어. 알았으니까 그만들 해라. 뭐 마실 거라도 줄까?"

"그래."

성진은 재빨리 주방으로 가 음료수를 내왔다. 그리고 다시 돌아가 아내를 열심히 도와주기 시작했다. 하지만 뜻대로 되지 않는지 주방에서 예린의 고함이 들렸다.

"그건 설탕이잖아 이 멍청아!"

"아니, 사람이 실수할 때도 있지 멍청이라고 할 필요까지 있어?"

"멍청이를 멍청이라고 부르지 그럼 뭐라고 부르냐!"

"그래도 네 남편이잖아."

"시끄러!"

"우왓! 뜨겁잖아! 뒤집개는 요리하는 데에만 쓰라고! 때리지 마!"

아무래도 한바탕 싸움이 벌어진 것 같다. 잠자코 대화를 듣고 있던 윤우가 피식 웃었다.

"그래도 재미있게들 사나 보다."

"그러게."

슬아는 내심 부러웠다. 연애와 결혼은 정말 다른 거라는 생각이 들었다. 물론 자신은 연애도, 결혼도 해보지 못했지만 말이다.

윤우가 은근슬쩍 물었다.

"나리도 곧 결혼한다고 했고…… 이제 너만 시집가면 학생회 멤버들 다들 결혼하는 거네. 만나는 사람 없냐?"

"뜬금없이 무슨 소리야."

슬아의 목소리가 날카로워졌다. 하지만 윤우는 물러서지 않았다.

"얼마 전에 너희 아버지 만났었어."

"아버지를?"

슬아의 얼굴에 긴장의 빛이 어렸다. 무슨 이야기가 오갔는지 대강 알 것 같았다.

"주변에 괜찮은 사람 있으면 소개해 달라고 하시더라고."

"그래서 뭐라고 했어?"

"궁금하긴 한가 봐?"

"그, 그런 거 아냐."

"뭐가 아니야? 말까지 더듬는데. 적당한 사람이 없다고 했어. 국문과에는 배나온 아저씨들뿐이잖아. 그렇다고 잘 모르는 다른 과 교수님들 소개해 줄 수도 없고."

슬아는 아무런 대꾸도 하지 않았다.

윤우를 놓친 이상 딱히 연애나 결혼을 하고 싶다는 생각은 안 들었다. 이대로 혼자 조용히 살다가 은퇴하겠다고 마음을 먹은 상태다.

주변에서는 불효를 저지르는 거라고 말하는 사람들도 있었다. 하지만 내키지 않는 결혼을 하는 것은 상대에 대한 예의가 아니라고 생각했다.

이기적인 생각인 것 같아도, 상대방에 대한 배려가 숨어 있는 생각인 것이다.

"다 됐어. 저녁들 먹어."

맛있는 냄새가 집 안에 한가득 찼다.

동생은 어려서부터 요리를 해서 그런지 전체적으로 요리가 훌륭했다. 물론 집에서 해주는 가연이의 음식에 비할 바는 아니지만 말이다.

식사를 마친 윤우는 동생을 방으로 불러냈다. 그리고 책장에 꽂혀 있는 '가이어즈' 전집 세트를 꺼냈다.

"그건 뭐 하려고? 누가 사인 받아 달래?"

"선물 좀 하려고 그런다."

"그래?"

예린이는 군말하지 않고 사인용 펜을 들고 의자에 앉았다. 그리고 1권의 맨 앞장을 펼쳤다.

"이름이 뭔데?"

"이윤수 대통령님께."

"이윤수 대통…… 뭐어?"

동생은 마치 귀신이라도 본 듯 흠칫 놀랐다.

양현준 비서실장과 약속한 날이 되자 연락이 한 번 더 왔다. 그는 저녁 6시에 차가 도착할 거라고 귀띔해 주었다.

과연 그의 말대로 약속한 시간이 되자 검은색 세단이 윤우의 집 앞에 멈춰 섰다.

"잘 다녀 와."

"그래. 하은아. 엄마 말씀 잘 듣고 있어야 한다?"

"웅! 아빠 빠빠!"

가족들의 배웅을 받으며 윤우가 밖으로 나가자 운전석이 열리며 양복을 입은 사내가 모습을 드러냈다.

그가 윤우를 향해 꾸벅 인사했다.

"김윤우 선생님 되십니까?"

"맞습니다. 양현준 비서실장님이 보내신 분 맞죠?"

"예. 이쪽으로 타시지요."

운전사는 뒷문을 직접 열어주며 윤우를 차에 태웠다. 곧이어 차가 출발했고, 반시간쯤 지나서는 청와대 안으로 들어갈 수 있었다.

대통령을 만나는 절차는 조금 까다로웠다. 휴대폰을 반납해야 했고, 몸수색을 당했다. 하지만 VIP를 위한 당연한 절차였기에 윤우는 신경 쓰지 않았다.

한 가지 아쉬웠던 점은 준비해 온 선물도 비서실 직원에게 맡겨야 했다는 것.

아무튼 모든 절차가 끝나자 양현준 비서실장이 모습을 드러냈다. 목소리처럼 무척 차가운 인상을 가진 사람이었다.

"처음 뵙는군요. 양현준입니다."

"안녕하십니까. 김윤우입니다."

"제가 안내해 드리죠. 이쪽으로."

두 사람은 붉은 카펫이 깔린 복도를 걷기 시작했다. 주변은 조용했다. 뚜벅거리는 구두소리만 들려왔다.

"이렇게 젊은 분이 초대를 받은 건 이번이 처음입니다."

"그렇군요. 사실 저도 각하께서 저를 왜 만나고 싶어 하시는지 잘은 모르겠습니다."

"겸손하실 필요 없습니다. 김 교수께서는 최근 본인이 생각하는 것 이상으로 주목을 받고 있으니까요. 청와대에 입성할 자격이 있는 분이죠."

뼈가 담긴 한마디.

최근 정계에서 자신을 주목하고 있음을 지적한 것이다. 윤우는 살짝 긴장감이 들었다.

잠시 후 고급스러운 목재 문이 나타났고, 양현준 비서실장이 노크를 하고 문을 열었다.

대통령의 권위를 상징하는 황금색 봉황이 맞은편 벽에서로 얼굴을 마주보고 있다. 그것을 보니 대통령을 만난다는 실감이 났다.

안에는 두 사람이 마주 앉아 이야기를 나누고 있었다. 문이 열리니 그들의 시선이 이쪽을 향했다. 하나는 대통령이었고, 다른 하나는 의외의 인물이었다.

윤보현 의원이 자리에서 일어서며 윤우를 맞았다.

"이제야 왔군. 각하께서 무척 애타게 자네를 기다리고 계셨어. 허허허."

이윤수 대통령이 인자한 미소를 지으며 자리에서 일어섰다. 정장이 잘 어울리는 중년이었다. 표정에서도 품격이 느껴지는 그런 사람이었다.

그가 윤우에게 걸어와 친히 악수를 청했다.

"초대에 응해 주셔서 고맙군요."

"아닙니다. 저야말로 영광입니다."

윤우는 악수를 하면서도 허리를 굽혔다. 자신도 모르는 사이에 취한 행동이었다.

전생에서도 경험해보지 못한 큰일이었다. 윤우는 살짝 떨렸지만, 대통령 앞에서도 기죽지 말라는 아내의 문자를 떠올리고는 마음을 다잡았다.

"말씀 편히 하십시오. 제가 한참 아래입니다."

"신경 써줘서 고맙네. 그러도록 하지."

사실 윤우는 반말을 듣는 걸 별로 좋아하지 않는다. 그래서 강태완 이사장이나 민경원 총장에게 아직도 말을 편히 하라고 한 적이 없다.

하지만 윤보현 의원은 자신에게 말을 편히 하는데, 대통령이 자신에게만 말을 높이는 것은 보기가 안 좋을 거라고 생각해 먼저 나선 것이다.

대강 인사를 마치고 세 사람은 자리에 앉았다. 이윤수 대통령이 상석에, 윤우와 윤보현 의원이 각각 좌우에 앉았다.

윤우가 윤보현 의원에게 물었다.

"그런데 의원님께서는 무슨 일로 여기에 오셨습니까?"

"왜, 난 못 올 데라도 왔나?"

"아뇨. 그런 것은 아니고……."

"하하하. 농담이야. 각하와 자네만 만나면 왠지 서먹할 것 같아 걱정이 들더군. 마침 각하께 보고할 일도 있고 해서 이곳에 왔네."

"그러셨군요."

윤우가 이윤수 대통령 쪽으로 시선을 돌렸다.

"참, 각하께 드릴 선물을 하나 가져왔습니다. 비서실에 맡겨 두었으니 나중에 확인해 보세요."

"어떤 선물을?"

"실은 제 동생이 만화가입니다. 각하께서 만화책을 좋아한다고 들어서, 사인본을 한 질 챙겨 왔습니다."

"호오, 어떤 작품인가?"

"가이어즈입니다. 들어본 적 있으십니까?"

"아아, 들어본 적이 있어. 일본에 수출한 그 작품 아닌가? 그 유명한 작가가 김 교수의 동생이었군."

윤우는 동생의 저력을 다시 한 번 깨달았다. 아무래도 대한민국에서는 자신보다 동생이 더 유명한 것 같다.

그때 이윤수 대통령이 무게를 실어 말했다.

"그런데 김 교수, 요즘 이것저것 재미있는 일을 하고 다닌다던데?"

"예. 확실히 재미는 있습니다. 평소에 제가 하고 싶던 일이거든요."

윤우는 겸손히 답했다. 이윤수 대통령은 다 알고 있다는 그런 눈빛이었다.

"대학의 폐단을 없애려고 노력하고 있다고 들었네. 윤 의원의 칭찬이 자자하더군. 자네가 나온 기사도 몇 번 읽은 적 있었지. 인상적이었네."

"영광입니다."

"영광이라니. 너무 어려워하지 말고 편하게 이야기를 나눴으면 해. 이건 비공식적인 자리니까. 비서관들도 없고 기자들도 없잖나?"

"아닙니다. 그래도 기본은 지켜야지요. 보이지 않는 곳에서 더 조심하라는 격언도 있잖습니까?"

"이거, 보기보다는 보수적인 사람이군. 안 그렇습니까? 윤 의원."

윤보현 의원이 고개를 끄덕여 동의했다.

"그게 이 친구의 매력이기도 합니다. 오래도록 봐 온 친구이지만 솔직하고 한결같은 모습이 좋아요."

"하하하. 그렇군요. 윤 의원님은 칭찬을 잘 하지 않는 분인데 그렇게 극찬을 하시는 거 보니 김 교수가 진국은 진국인가 봅니다."

윤우는 살짝 윤 의원의 눈치를 살폈다. 때마침 눈이 마주쳤고, 그는 고개를 끄덕였다. 편하게 하라는 의미였다.

이윤수 대통령이 다시 말을 이었다.

"동남아시아에 한국어 열풍을 몰고 온 장본인이 자네라고 들었네. 정말 큰일을 해 줬어. 자네 덕에 우리나라의 위상이 한 단계 더 올라간 느낌이네."

"제가 한 일은 몇 가지를 결정한 것 밖에 없습니다. 제 동료들과 제자들이 땀 흘려 노력한 결과라고 생각해 주세요."

"겸손하긴. 그런데 김 교수가 올해로 몇 살이지?"

"서른입니다."

"서른이라…… 그래도 나이에 비해 꽤 일찍 임용이 된

편이군."

그때 윤보현 의원이 끼어들었다.

"그럴 만도 합니다. 아실는지 모르겠는데, 김 선생은 고등학교 1학년 때 학술지에 논문을 실은 적이 있어요. 여러모로 대단한 친구지요."

"흥미롭군요. 그런 일도 있었습니까?"

"예. 그때 명인일보에 논문 관련 기사가 소개되기도 했습니다. 제 딸아이와 김 교수가 친구 사이라 기사를 본 적이 있지요. 떡잎부터 다른 사람입니다. 김 교수는."

이윤수 대통령은 흡족히 웃으며 윤우를 바라보았다. 눈빛이 살아있는 젊은이는 정말 오랜만이었다. 한마디로 윤우가 마음에 들었다.

그때 윤보현 의원이 의외의 말을 꺼냈다.

"그래서 말입니다만. 실은 저희 당에서 김 교수를 공천하려고 준비하고 있습니다."

"공천을? 이거 재미있게 일이 진행되는군요."

대통령은 흥미로운 표정을 지었지만, 윤우는 깜짝 놀랐다. 그에 대해서는 사전에 들은 바가 전혀 없었기 때문이다.

공천을 받는다는 것은 정치인으로서의 인생이 시작되는 것이었다. 대학과는 다른 새로운 세계가 펼쳐지는 것이다.

윤우가 난처한 표정으로 답했다.

"말씀은 감사합니다만, 전 정치를 잘 모릅니다. 사람은 모름지기 몸에 맞는 옷을 입어야 하는 법이지요. 전 대학에 몸담고 있는 게 어울립니다."

"아니. 자네는 시류를 보는 감각이 탁월해. 정치인으로 성장할 수 있는 잠재력이 충분하지. 내가 다른 건 몰라도 사람 보는 눈은 확실하다네."

윤보현 의원이 힘주어 말했다. 왠지 윤우는 그의 의도를 알 것 같았다.

대통령 앞에서 이야기를 꺼냈다는 것은 여러 의미가 있는 일이다. 그중 가장 큰 것은 자리의 무게를 빌어 자신을 설득하고자 하는 것.

실제로 윤보현 의원은 일부러 윤우에게 공천에 관한 귀띔을 하지 않았다. 당황스럽게 만든 다음 제안을 수락하게 하려는 의도가 있었다.

그도 윤우라는 사람을 잘 알고 있었다.

정치인을 별로 좋아하지 않고, 욕심이 없어 분수에 맞게 살아가려고 한다는 것을.

하지만 윤보현 의원은 그가 아까웠다. 대학교수로 나이를 먹어간다는 것이 말이다.

"곤란하네요. 미리 언질이라도 주시지 그러셨습니까? 다른 분도 아니고 각하 앞에서 그런 말씀을……."

윤우가 난처함을 표했다. 하지만 이윤수 대통령은 윤보

현 의원 편이었다.

"정치를 하려면 젊은 나이에 입문하는 게 좋아. 서른 살이면 딱 좋지. 내 젊은 시절이 떠오르는군. 게다가 김 교수 자네는 언론에도 꽤 얼굴이 알려져 있어. 민심을 얻는 데 어려움이 없을 거야."

"아닙니다. 생각지도 못한 일이기도 하고, 전 아직 대학에서 할 일이 남았습니다."

"할 일이 남았다고? 그게 뭔가?"

"저를 따르는 제자들을 버릴 수는 없습니다. 적어도 그 친구들이 박사학위를 딸 때까지는 뒤를 봐 줘야 합니다."

"소박한 꿈이군."

"무엇보다도 신화대를 세계적인 대학으로 만들고 싶습니다. 제 손으로요. 그러기 위해서는 제가 대학에 남아 있어야 합니다."

윤우의 말에는 강한 확신이 있었다. 그 말을 경청하던 두 사람은 고개를 끄덕일 수밖에 없었다.

하지만 윤보현 의원은 포기하지 않았다.

"그래도 자네의 궁극적인 목표를 달성하려면 정계에 발을 들이는 편이 더 빠르지 않을까? 대학교수로 뭔가를 하기에는 행동에 제약이 많을 거야."

"맞는 말씀입니다. 하지만 그것과 이것은 좀 다르다고 생각해요. 대학교수가 할 수 있는 일이 있고 정치인이 할 수 있는 일이 있습니다. 아직 저는 제 위치에서 해야 할 일이 많습니다."

윤우는 조금도 양보하지 않았다.

결국 먼저 두 손을 든 사람은 윤보현 의원이었다. 일이 잘 풀릴 줄 알았는데 생각대로 되지 않아 실망감을 표했다.

"다시 한 번 생각해 봐. 당황해서 경황이 좀 없는 모양인데…… 여당 공천은 쉬운 게 아니야. 대기자가 수백 명이 넘어."

"그건 저도 잘 알고 있습니다."

"그러니 확답은 충분히 생각해 보고 천천히 들려주게."

윤우는 미소를 지었다.

"아닙니다. 아무리 생각해봐도 아마 같은 결론이 나올 겁니다."

"허허, 이 친구가."

말 그대로 굴러온 복을 발로 차는 것과 다를 바 없었다.

윤우는 단호했다. 오랜 시간이 지나면 공천이 필요할 수도 있다. 하지만 지금은 아니라고 판단했다.

"김 교수는 강직한 사람이군."

"과찬이십니다. 각하."

대통령의 눈에 윤우는 눈앞의 이익을 좇지 않는 현명한 사람으로 비춰졌다. 나이에 비해 성숙한 모습에 내심 감탄했다.

이윤수 대통령이 잠시 여유를 두고 말을 이었다.

"내가 알기로 자네가 원하는 것은 대학 개혁이야. 일전에 윤 의원을 통해서 자네가 쓴 기획서를 읽어 보았네. 새로운 시간강사법에 대한 리포트였지. 꽤 훌륭했네."

"좋게 봐 주셔서 감사합니다. 하지만 아직 부족한 게 많습니다."

"그것보다 진행이 쉽지만은 않을 것 같은데? 반대 여론도 만만찮을 거고. 최근에 교육부장관에게 보고를 들었네. 대학개혁위원회가 설립되었다지?"

이윤수 대통령은 확인 차 윤보현 의원을 바라보았다. 윤보현 의원이 맞다고 대답했다. 전직 교육부장관인 그였다. 그쪽 계통의 정보는 꽉 잡고 있었다.

"위원회장은 한동진 한사협 이사입니다."

"한사협이라…… 힘든 싸움이 되겠어."

윤우가 대답했다.

"안 그래도 여기저기서 불만이 들려오고 있습니다. 지인들도 많이 걱정하고 있고요."

"그래서, 어떻게 할 생각인가?"

"상황에 따라 조금 늦게 도착할 수도 있겠지만, 기본적으로 제 목표는 변하지 않습니다. 과정이 험난한 건 당연하다고 생각하거든요. 그만큼 열매가 달콤할 테니까요."

"듬직하군. 이런 친구들이 청와대에 있어야 하는데 말이야. 안 그렇습니까? 윤 의원."

"지당하신 말씀입니다."

이윤수 대통령은 만족스럽게 고개를 두어 번 끄덕거렸다.

윤우도 그것을 느낄 수 있었다. 처음보다 분위기가 많이 자연스러워진 덕분에 윤우는 조금 더 대담하게 말을 꺼낼 수 있었다.

"얼마 전에 제 선배가 스스로 목숨을 끊었습니다. 아마 다른 곳에도 비슷한 고통을 겪고 있는 사람들이 있겠죠. 각하께서는 어떻게 생각하십니까? 작금의 대학 문제에 대해 말입니다."

"그 사건은 나도 마음이 아팠네. 한국대 출신으로서 말이지. 자네 말대로 많은 문제들이 있을 거라고 생각해. 하지만 그만큼 많은 이해관계가 얽혀있겠지."

문제가 있지만 지금으로서는 어쩔 수 없다는 그런 뻔한 대답이었다. 윤우는 살짝 실망감이 들었다.

"실제로 우리가 할 수 있는 일은 많지가 않아. 그건 김 교수 자네도 잘 알겠지."

"어느 정도는 예상하고 있습니다."

대학개혁위원회의 구성원이 한사협의 정책에 유리하게 짜였다는 것은 누구나 다 아는 사실이었다. 그곳에서 만들 정책이 부실한 것은 당연한 일.

그것은 대통령으로서도 어쩔 수 없는 일이었다. 위원회의 결정권자는 교육부장관이었으니 말이다. 대통령이 일일이 돌보기엔 국정이 너무 바빴다.

한숨을 돌린 이윤수 대통령이 친근한 어조로 말했다.

"그래도 이럴 때일수록 젊은 친구들의 패기가 필요한 법이야. 자네처럼 말이지. 개혁을 위해서는 그만큼의 열정이 있어야 하거든. 늘 응원하고 있겠네."

"열심히 해보겠습니다."

"그래. 언젠간 나도 자네에게 도움을 줄 수 있을 거야. 그날을 천천히 기다리도록 하지."

뭔가 여운이 남는 듯한 대통령의 한마디. 실제로 바뀌는 것은 없겠지만 윤우는 용기를 얻을 수 있었다. 적어도 홀로 싸우는 것은 아니었으니까.

뉴 라이프

NEW LIFE

Scene #78 갈림길

Scene #78 갈림길

대통령을 만난 그 다음 주, 대학개혁위원회의 2차 총회
가 청사 대회의실에서 열렸다.

윤우도 그 모임에 참가했다. 두 개의 길쭉한 테이블이
서로를 마주보고 있었는데, 그 사이에 빈자리가 꽤 많았
다.

'위원으로서의 자각이 없는 사람들이 많군. 이런 중요
한 모임에 빠질 생각을 하다니.'

세어보니 총원 50명 중 23명이 나오지 않았다. 두 명이
더 나오지 않았다면 과반수가 넘지 않아 의사결정이 되지
않았을 것이다.

한숨을 쉰 윤우는 팔짱을 끼고 오늘 의제를 내려다보았

다. 그때 차성빈 교수가 윤우의 맞은편에 앉았다. 윤우는 가볍게 목례를 했다.

테이블 사이에는 다섯 발자국 정도의 거리가 있었기 때문에 딱히 이야기가 오가진 않았다.

바로 그때, 입구 쪽에서 어떤 남자의 목소리가 들렸다.

"위원장님 들어오십니다."

모두의 이목이 입구 쪽으로 집중되었다. 여유로운 표정의 한동진 위원장이 비서와 함께 안으로 들어와 위원장석에 앉았다.

그는 마이크를 두어 번 툭툭 건드려보더니 말을 시작했다.

"다들 바쁘신 와중에 참석해 주셔서 감사하군요. 빈자리가 좀 보이긴 합니다만 정족수에는 문제가 없으니 개회하도록 하겠습니다."

한동진 위원장이 준비되어 있는 의사봉을 세 번 두드렸다. 나무의 마찰음과 함께 실내가 고요해졌다.

"우선 자유발제를 듣도록 하지요. 이 부분에 대해서는……."

"잠시 시작 전에 한 말씀 드려도 되겠습니까?"

누군가 손을 들고 한동진 위원장의 말을 잘랐다. 위원장은 미간을 좁히며 윤우를 바라보았다.

윤우도 질세라 한동진 위원장을 노려보았다. 시선이 마

주치며 둘 사이에 불꽃이 튀는 듯했다.

한동진 위원장이 고개를 절레절레하며 말했다.

"회의의 질서도 모르는 분이 여기 계시다니. 유감이군
요. 회의는 마땅히 정해진 절차에 진행되어야 하는 법인데
말입니다."

"그 질서를 모르는 분이 한 분 더 계신 것 같아 이렇게
실례를 저질렀습니다. 양해해 주시죠."

윤우는 조금도 지지 않았다. 굳게 입을 다문 한동진 위
원장은 손을 뻗어 발언을 허가했다.

"먼저 이 신문을 주목해 주십시오."

윤우는 저번 주에 발행된 일간지를 들어 보였다. 한동진
위원장의 인터뷰가 실린 기사가 한눈에 들어왔다.

"뒤에 계셔서 잘 안 보이시는 분들을 위해 기사를 잠깐
설명해 드리겠습니다. 이 기사는 한동진 위원장님의 인터
뷰 기사입니다. 상단에 이렇게 적혀 있네요. 새로운 강사
법은 위험하다고."

하지만 위원들의 반응은 시큰둥했다. 다들 무기력해 보
였고, 이 지루한 회의가 조금이라도 빨리 끝났으면 하는
그런 태도를 보였다.

물론 단 한 사람, 차성빈 교수만큼은 눈을 빛내며 흥미
롭게 윤우를 지켜보고 있다.

윤우가 계속 말했다.

"우리 위원회는 지금까지 제대로 의견을 모은 적이 없었습니다. 저번에 열린 1차 총회는 오리엔테이션의 성격이 강했지요. 실질적으로 오늘에서야 의견을 나눌 기회가 마련된 겁니다. 한데 위원장직에 있는 분이 개인적인 견해를 언론에 전달하셨지요. 이렇게 말입니다. 이건 대단히 경솔한 행동이라고 생각합니다. 다들 이에 대해 어떻게 생각하십니까?"

그제야 위원들이 웅성거리기 시작했다. 하지만 분위기가 좀 묘했다. 다들 윤우를 바라보며 한심하다는 듯한 눈빛을 보내고 있었던 것이다.

한동진 위원장이 손을 들어 웅성거림을 진정시켰다.

"고작 그런 일 때문에 회의를 중단시킨 겁니까? 이거 실망이 크군요. 김 위원."

"고작 그런 일이 아닙니다. 인터넷 기사에 달린 댓글을 혹시 보셨습니까? 대학 개혁을 정치적인 사안과 결부시키지 마십시오. 대학 개혁과 복지는 근본적으로 다르다는 점을 확실히 말씀드리고 싶네요."

"언론에 떠들고 다니는 건 김 위원도 마찬가지 아닙니까? 왜 나한테만 이렇게 엄격한지 모르겠군요. 인터넷에 강사법을 치면 첫 페이지에 나오는 게 바로 김 위원입니다. 아십니까?"

"그건 제가 위원에 선정되기 이전에 했던 인터뷰입니

다. 위원으로 위촉된 이후에는 인터뷰를 단 한 건도 하지 않았습니다. 문제가 될 게 있습니까? 설마 이전에 인터뷰한 걸 다 삭제하라는 말씀은 아니겠지요?"

윤우가 강하게 추궁하자 한동진 위원장은 대구를 하지 않았다. 윤우는 주변을 둘러보며 쐐기를 박았다.

"다른 위원님들도 마찬가지입니다. 의결 과정은 공정하고 투명하게 진행되어야 합니다. 앞으로는 정해지지 않은 위원회의 견해를 언론에 알리지 말아주시길 정중히 부탁드립니다."

그제야 한동진 위원장이 입을 열었다.

"다들 너무 예민하게 받아들일 필요는 없습니다. 말 그대로 개인적인 견해를 피력한 것일 뿐이니까. 자, 그럼 회의를 계속하지요."

그는 끝까지 사과를 하지 않았다. 재발 방지 약속도 하지 않았다. 대단히 교활한 사내구나, 윤우는 그렇게 생각하며 자리에 앉았다.

그런데 그때 윤우의 맞은편에 있던 차성빈 교수가 조용히 손을 들었다.

'차 선생님?'

윤우가 긴장했다. 잠시 후 발언권을 얻은 차성빈 교수는 마이크에 대고 말을 시작했다.

"위원장님께서는 지금 실수하고 계신 겁니다."

"뭐라?"

한동진 위원장의 눈썹이 꿈틀했다. 불편한 기색이 얼굴에 만연했다.

"김윤우 위원의 지적은 타당합니다. 평위원이었다면 모를까, 위원장님은 위원회를 대표하는 분이십니다. 그런 분께서 중립을 지키지 못했다는 것은 적절하지 못한 행동이며, 충분히 비판의 대상이 될 수 있다고 봅니다."

논리정연한 차성빈 교수의 지적에 한동진 위원장은 입을 꾹 다물었다. 할 말이 없어진 것이다.

"때문에 같은 일이 벌어지지 않을 거라는 보증이 필요합니다. 그래야 다른 위원님들께도 신뢰를 얻을 수 있지 않을까요? 이상입니다."

"동의합니다."

"저도 동의합니다."

장년층 위원들은 침묵했지만, 젊은 위원들은 찬성을 보냈다. 누가 들어도 차성빈 교수의 말은 정론이었다.

윤우는 의외의 눈으로 차성빈 교수를 바라보고 있다. 그가 이렇게 나서서 지원사격을 할 줄은 예상치 못했다.

장내가 소란스러워지자 어쩔 수 없이 한동진 위원장이 입을 열었다.

"알겠습니다. 앞으로는 인터뷰를 자제하도록 하지요. 이제 됐습니까?"

"충분합니다."

"그럼 계속 회의를 진행하지요. 시간이 얼마 없으니 제 말을 끊는 일이 없었으면 좋겠군요. 우선, 강사료 인상 건부터 논의해 보도록 합시다."

그 말에 모두가 미리 준비된 인쇄물로 시선을 고정했다.

한동진 위원장은 능수능란하게 회의를 주관했다. 차성빈 교수에게 허를 찔렸지만 당황하지 않았다. 과연 그는 능력이 있는 남자였다.

한동진 위원장이 의견을 표했다.

"현재 세수(稅收)로는 강사료를 인상하기가 어렵다고 판단됩니다. 가뜩이나 담뱃값이 올라서 국민정서가 예민한 때지요. 이 건은 보류하는 게 어떻겠습니까?"

"보류라니, 그건 말도 안 됩니다!"

위원장의 말에 윤우가 격하게 반응했다. 강사료는 윤우가 계획하던 일의 첨병(尖兵)과 다름없는 것이었다.

윤우가 벌떡 일어서며 말을 이었다.

"시간강사들의 처우를 개선하기 위해 모인 자리가 아닙니까? 서광필 씨가 스스로 목숨을 끊은 사건을 다들 잊으신 겁니까? 그 전에도 생활고로 목숨을 끊은 시간강사들이 부지기수로 많습니다. 얼마나 사람이 더 죽어야 현실을 직시하실 겁니까?"

"김 위원. 흥분은 좀 가라앉히는 게 좋을 것 같은데? 앞으로는 발언권을 얻고 말씀을 하시지요. 우리는 소꿉놀이를 하고 있는 게 아닙니다."

"⋯⋯죄송합니다."

윤우는 한숨을 내쉬며 자리에 앉았다. 예민해진 탓에 뜻하지 않게 실수를 했다.

한동진 위원장은 윤우를 보며 무미건조하게 말했다.

"현실을 직시하고 있기 때문에 보류하자는 거요. 시간강사들의 삶의 질도 중요하지만 다른 국민들의 삶의 질도 중요한 법이지요. 강사료를 보장해 주려면 정부 지원금이 필요한데, 부족한 세수는 어디서 채운단 말입니까? 서민들의 주머니를 털어서라도 하자는 거요?"

"부족한 부분은 재단전입금을 늘려 대학에 부담을 지게하면 됩니다. 그리고 한 가지 착각하시는 게 있어서 말씀드립니다만, 시간강사들도 엄연히 대한민국 국민입니다."

윤우의 반격에 좌중이 술렁였다.

한동진 위원장이 깍지를 꼈다. 그리고 기분 나쁜 미소를 지으며 윤우를 바라보았다.

"김 위원이 젊은 탓에 현실과 이상을 구분하지 못하는 것 같군요."

"그럴 리가요. 저는 학자입니다. 현상을 분별하는 능력은 충분하다고 생각합니다."

"하하하. 아직도 이해를 못하셨군. 자, 그럼 알기 쉽게 예를 들어볼까요. 강사료 인상안이 통과되어 국회로 갔다고 칩시다. 과연 의원들이 찬성해 줄까요?"

윤우는 씁쓸히 웃었다. 예상하고 있던 반론이었다.

"찬성이냐 아니냐는 다른 문제죠. 우리는 시간강사들이 만족할만한 제도를 기획하기만 하면 되는 겁니다. 입법은 그들의 몫이고요."

"귀찮게 하는군."

한동진 위원장이 조용히 뇌까렸다.

"일단 김 위원의 의견은 잘 알았습니다. 그러면 다른 분들의 의견도 들어보면 좋겠군요. 다들 세금을 내는 입장이시니 말입니다."

말이 끝나자마자 많은 위원들이 손을 들었다.

"저기, 현기혁 위원님 의견을 한 번 들어봅시다."

"일단 저는 김윤우 위원의 의견에 반대합니다. 재단전입금을 늘려 대학에 부담을 줄여도 분명 등록금이 오를 겁니다. 고스란히 피해가 학생들에게 가겠지요. 학생들은 아무런 죄가 없습니다."

윤우는 일단 다른 사람들의 의견을 들어보기로 했다. 한동진 위원장은 자신과 친분관계에 있거나 한사협 소속인 사람들에게 발언권을 계속 주었다.

결국 그는 자신에게 유리한 의견을 모으는 데 성공했다. 일부를 제외한 모두가 윤우의 의견에 회의적이었다.

한동진 위원장은 승자의 표정을 하고 있었다.

"김 위원, 잘 들었습니까? 애석하게도 다른 위원들의 생각은 당신과 많이 다르군요."

윤우는 자기도 모르는 사이에 주먹을 꽉 쥐었다. 수작을 부리는 것이 눈에 너무 빤히 보였기 때문이다.

윤우가 나서려던 바로 그때, 한발 앞서 차성빈 교수가 손을 들었다. 발언권이 그쪽으로 넘어갔다.

"다른 의견이 많을수록 좋은 거 아니겠습니까? 개인적으로 재단전입금을 늘리는데 등록금이 오를 거라는 현 위원님의 생각에는 동의할 수 없습니다. 그건 대학이 손해를 보지 않으려는 기업적인 마인드가 있기 때문이지요. 잘못된 행태입니다."

차성빈 교수의 눈매가 날카로워졌다. 지적인 분위기를 풍기며 계속 말을 이었다. 이번에는 한동진 위원장을 바라보았다.

"대학의 존재 이유는 학문의 추구에 있습니다. 그 본질적인 기능을 고려해볼 때, 저는 김윤우 위원의 생각과 같습니다. 법안이 통과될지 그렇지 않을지를 벌써부터 판단하는 것은 비효율적인 일이지요."

차성빈 교수는 위원 모두를 한 번씩 둘러보며 말을 마무리했다.

"우리의 역할은 대학의 악습을 철폐하고 모두가 행복할

수 있는 그런 대학을 만드는 것임을 상기해야 할 것입니다. 이상입니다."

그 말을 들은 한동진 위원장은 속이 불편해졌다. 옳은 말이었고, 무엇보다도 차성빈은 국립대 교수다. 어떻게 손을 쓸 수 있는 사람이 아니었다.

그때 좋은 생각을 떠올린 한동진 위원장이 제안했다.

"그럼 공정하게 다수결로 의결을 하지요. 강사료 인상에 찬성하는 분들은 찬성 버튼을, 반대하는 분들은 반대 버튼을 눌러 주시죠."

윤우가 피하고 싶던 제안이 나오고야 말았다.

애초에 대학개혁위원회는 한동진 위원의 사람들로 채워진 단체였다. 대부분의 사람들이 반대를 누를 것이 뻔했다.

위원들이 하나 둘 버튼을 누르기 시작했다. 직원들이 기계를 조작하자 곧 메인 스크린에 투표 결과가 출력되었다.

찬성 : 7표
반대 : 20표

압도적인 차이였다. 투표 결과를 확인한 한동진 위원장이 결정을 내렸다.

"그럼 이번 안건은 위원들의 의견에 따라 보류하도록 하지요. 자, 이제 다음 안건으로 넘어가 볼까요?"

그의 입가에 회심의 미소가 걸렸다. 그것을 바라보는 윤우의 두 눈에 분노가 차오르기 시작했다.

◆

"다녀왔습니다."

"왜 그렇게 기운이 없어?"

윤우는 대답 대신 가연이에게 키스를 해 주었다. 아이들은 자는지 마중을 나오지 않았다.

"회의가 잘 안 풀린 거니?"

"아무것도 아니야. 신경 쓰지 마."

"또 그런다. 무슨 일 있으면 서로 상의하면서 도와주기로 했잖아?"

씁쓸히 웃은 윤우는 가연의 머리를 한 번 쓰다듬었다. 좀 봐주라는 그런 의미였다.

샤워를 끝내고 편한 옷으로 갈아입은 윤우는 소파에 비스듬히 누워 TV를 틀었다. 아이들이 최근에 시청했는지 만화 채널에 맞춰져 있었다.

왠지 채널을 돌리기도 귀찮아져 윤우는 멍하니 만화를 시청했다.

"저녁은?"

"별로 생각 없어."

"과일이라도 먹어. 지금 준비할 테니 잠시만."

잠시 후 가연은 먹음직스러운 키위와 복숭아를 내왔다. 복숭아 절편 하나를 포크로 찍어 윤우에게 건넸다.

"고마워."

"피곤하면 일찍 쉬어. 내일 출근해야 하잖아. 요즘 과로 하는 거 같아. 살도 좀 빠진 것 같고."

확실히 요즘 체력이 떨어진 것 같은 느낌이 든다. 회귀 후 신체능력이 상승했지만, 매번 밤을 새다시피 하니 몸이 버텨내질 못하고 있었다.

"보약이라도 하나 해 줄까?"

"됐어. 괜히 그런 데다 돈 쓰지 마."

윤우는 복숭아를 씹었다. 달콤한 과즙이 입안에 확 퍼졌 지만, 기분은 그렇게 좋지 않았다.

자신이 계획하던 대부분의 안건이 보류되거나 기각되었 다. 생각보다 한동진 위원장의 힘이 셌다. 숫자로 밀리니 도저히 답이 없었다.

'이렇게 진행된다면 아무것도 바꿀 수 없을 거야. 차성 빈 선생님이 실패할 거라고 장담한 이유가 있었어.'

답을 찾아야 했다.

윤우는 포크를 입에 문 채 생각에 잠겼다. 가연은 옆에서 과일을 깎으며 그런 윤우를 걱정스럽게 바라보고 있다.

머릿속에 안개가 자욱한 느낌이 들었다. 한숨을 내쉰 윤우는 포크를 내려놓고 자리에서 일어섰다.

"잠깐 바람 좀 쐬고 올게. 너도 좀 쉬어. 애들 보느라 고생했잖아."

"멀리 갈거니?"

"아니. 멀리는 안 가. 무슨 일 있으면 전화해."

윤우는 안방에서 지갑을 챙겨 밖으로 나갔다. 한여름이라 후텁지근한 바람이 불어왔다. 윤우는 길가에 있는 포장마차로 들어갔다.

이곳은 윤우가 가끔 술 생각이 날 때 가볍게 한잔 마시는 곳이었다. 두어 테이블에 손님들이 앉아 목소리를 높이고 있다. 윤우는 이런 서민적인 분위기가 좋았다.

"어서옵쇼!"

스포츠머리를 한 주인이 반갑게 윤우를 맞았다. 몇 번 본 적이 있는 사이였다.

"여기 소주 한 병 주세요."

"옙! 그런데 안주는 안 드시나?"

"그냥 아무거나 만들어 주세요. 별로 당기는 게 없네요."

잠시 후 주인이 소주와 족발을 내왔다. 마음 같아서는 병째 마시고 싶었지만, 주변에 보는 사람들도 있고 해서 술잔에 술을 따랐다.

술이 술술 잘 넘어갔다. 그만큼 윤우의 기분은 가라앉아 있었다. 아무리 생각해도 좋은 방법이 떠오르지 않았기 때문이다.

마치 커다란 벽 앞에 놓인 것 같은 기분이다. 부술 수도, 넘을 수도 없는 그런 거대한 벽이 길을 가로막고 있었다.

'어떻게 해야 하지? 이대로 물러설 수는 없는데……'

바로 그때였다.

날카로운 한기가 윤우의 뺨을 찔렀다. 순간 온몸으로 한기가 퍼지며 등골이 오싹했다. 마치 한 겨울에 옷을 벗고 밖으로 뛰쳐나간 듯한 기분.

그것은 익숙한 느낌이었다. 먼 옛날 두어 번 경험해 본 적이 있는.

기억을 더듬던 윤우의 눈이 커다래졌다. 깜짝 놀라 자리에서 벌떡 일어섰다. 어느새 맞은편 자리에 누군가 앉아 있었다.

"당신은……"

마주 앉은 사람은 다름 아닌 윤우와 계약한 그 사내였다.

실로 오랜만의 만남이었다. 그는 처음 만났을 때와 같은 복장을 하고 있었다. 검은색 정장. 그리고 그의 입술은 여전히 창백해 보였다.

"이거 오랜만이군. 잘 지냈나?"

굉장히 오랜만인데도 그 악마 같은 사내의 외형은 조금
도 변하지 않았다. 마치 나이를 먹지 않는 것처럼.

윤우는 그렇게 한참동안 멍하니 사내를 바라보기만 했
다.

이윽고 그의 입이 열렸다.

"그동안 왜 나타나지 않은 겁니까?"

"나름대로의 사정이라는 게 있어서. 그나저나 이제는
날 두려워하지 않는군. 나이를 먹어서 그런가?"

"그것보다는, 당신이 나를 해치지 않을 거라는 걸 분명
히 알았으니까요. 그리고 개인적으로 고맙게 생각하고 있
습니다. 새로운 기회를 준 부분에 대해서요."

"현명하군."

악마 같은 사내는 고개를 끄덕였다. 그때 포장마차 주인
이 빈 술잔을 사내 앞에 내려놓으며 물었다.

"안주 좀 더 드릴깝쇼?"

"아뇨, 괜찮습니다. 필요할 때 제가 부탁드리겠습니다."

윤우가 대신 대답해 주인을 돌려보냈다. 그러자 사내가
빈 술잔을 쥐고 윤우 쪽으로 내밀었다. 술을 따르라는 의
미였다.

"술도 하십니까?"

"물론."

윤우는 그의 술잔을 소주로 가득 채웠다. 두 사람은 건배를 하고 한 번에 잔을 깨끗이 비웠다.

"사실은 제가 한국대 대신 신화대를 선택했을 때 한 번쯤은 나타나지 않을까 생각했었지요. 처음 약속은 한국대 교수가 되는 것이었으니까요."

"괜찮아. 오히려 자네가 신화대로 옮기면서 게임이 재미있어졌으니까. 자네도 나도 모두 이득을 봤다고나 할까."

역시 그런 것이었나.

윤우는 씁쓸히 웃으며 빈 잔을 채웠다. 두 잔이 모두 채워지자 악마 같은 사내가 입을 열었다.

"자네에게 해 줄 이야기가 있어서 이렇게 찾아왔네."

"말씀하시죠."

"고민하고 있지? 앞길이 막혀서 말이야."

그는 모호하게 말했다. 하지만 그의 어두운 두 눈은 진실을 담고 있었다. 윤우는 직감적으로 그것을 알 수 있었다.

"이번 일은 자네 인생에서 대단히 중요한 분기점이 될 거야."

분기점.

윤우는 소주잔을 쥐고 단번에 입으로 털어 넣었다.

"구체적으로 무슨 의미입니까? 분기점이라는 것이."

"오랜만에 만났으니 좀 친절을 베풀어볼까. 이번에 자네가 어떤 선택을 하느냐에 따라 자네의 미래가 달라진다는 말이야."

윤우가 말없이 술잔을 채웠다.

그가 말하는 미래는 두 가지일 것이다. 성공한 미래와 실패한 미래.

사실 그것은 윤우도 고민하고 있는 부분이었다.

새로운 강사법 입안을 위해 투쟁할 것인지, 아니면 현실을 인정하고 한 발자국 물러나 때를 기다릴 것인지를.

지금 윤우가 할 수 있는 것은 후자였다. 현재 상황으로 투쟁하는 것은 계란으로 바위를 치는 것과 다를 게 없었다. 수가 너무 불리했다.

변수는 이윤수 대통령이다. 그는 윤우에게 협조를 약속했다. 하지만 기일을 정하지 않았다. 그가 언제 어떻게 움직일지는 아무도 모른다.

윤우가 물었다.

"끝까지 싸우는 걸 선택했을 때 제 미래는 어떻게 됩니까?"

"그건 알려줄 수 없지. 결과를 아는 게임은 재미가 없는 법이거든."

악마 같은 사내가 씨익 웃었다. 그는 진정 이 상황을 즐기고 있었다.

문득 학창시절 사내와 마주쳤을 때가 떠오른다. 그는 계약의 조건을 이렇게 설명했었다. 자신을 지켜보며 조금의 즐거움을 얻어간다고.

지금이 딱 그런 상황인 것이다.

상황이 객관적으로 인식되기 시작하자 윤우는 보다 냉정하게 현실을 바라볼 수 있게 되었다.

만약 사내가 나타나지 않았더라면 여전히 냉정을 되찾을 수 없었을 것이다. 그만큼 윤우가 처한 상황은 쉽지가 않았다.

누가 보더라도 윤우는 사면초가에 몰려 있었다. 탈출구가 보이기는커녕, 언제 넘어질지 모르는 위태로운 길을 걷고 있었다.

하지만 윤우는 이렇게 생각했다.

'위기일 때가 기회인 법이지.'

윤우는 회귀한 이후 지금까지 겪었던 수많은 고난들을 떠올려 보았다.

그때마다 늘 정답을 찾아냈다. 전교회장 선거 때도 그랬고, 서광필 교수와의 토론 때도 그랬으며, 남재창 교수를 파면시킬 때도 그랬다.

그렇게 생각하니 초조한 마음이 조금씩 사그라졌다. 이번에도 현명하게 위기를 넘길 수 있다는 자신감이 가슴속에 들어차기 시작했다.

그때 악마 같은 사내가 의미심장하게 웃었다. 마치 윤우의 속내를 들여다보기라도 한 듯이.

"생각이 길어지는군. 어떤가? 이번에도 나를 만족시켜 줄 수 있겠나? 나는 자네에게 기대하는 바가 커. 잊지 말게. 우리는 계약을 했다는 것을."

그 사내는 '계약'이라는 말에 강조점을 넣었다. 윤우는 고개를 끄덕였다.

"실망을 드리진 않을 겁니다."

윤우는 냉정하게 생각했다. 무기력하게 현실에 순응하는 것은 이 사내의 욕구를 충족시켜 줄 수가 없다.

어려운 현실을 인정하고 그곳에서 한 발을 빼는 순간 악마 같은 사내는 자신에게 흥미를 잃을 것이다.

TV프로가 재미가 없으면 채널이 돌아가는 법. 그렇게 된다면 자신의 미래는 불안정하게 흘러갈 수도 있다.

'포기하면 안 돼. 싸워야 한다.'

윤우는 본능적으로 그렇게 느꼈다. 목표를 손에 넣지 못하더라도 필사적으로 움직여야 한다고.

윤우의 눈빛이 달라졌다. 깊은 피로 속에서도 두 눈이 영롱히 빛나기 시작했다.

윤우가 말했다.

"왠지 이것도 당신의 시험인 것 같은 느낌이 드네요. 예전에, 제가 고등학생일 때처럼 말입니다."

"글쎄. 너무 깊이 들어갈 필요는 없겠지. 나는 자네가 걱정되어서 와 본 것일 뿐이거든."

"그렇습니까?"

악마 같은 사내는 씨익 웃으며 소주를 들이켰다. 그 웃음엔 왠지 많은 의미가 담긴 것 같았다.

잔을 깨끗이 비운 윤우가 자리에서 일어섰다.

"먼저 일어서겠습니다. 당신에게 묻고 싶은 말은 많지만…… 아직은 때가 아닌 것 같은 느낌이네요."

"부디 행운을 비네."

윤우는 주인 사내에게 술값을 계산하고 천으로 된 문을 옆으로 밀었다.

그때 문득 이상한 기분을 느낀 윤우가 뒤를 돌아보았다. 그런데 방금 전까지 있었던 사내의 모습은 온데간데없이 사라져 있었다.

손님들은 술잔을 부딪치며 떠들기 바빴고, 포장마차 주인은 하던 일을 계속할 뿐이다. 마치 처음부터 아무 일도 없었던 것처럼.

집에 돌아오니 새벽 한 시가 넘어 있었다. 거실은 어두웠는데, TV가 켜져 있고 가연이가 소파에 누운 채 잠들어 있었다.

윤우가 그녀의 어깨를 흔들어 깨웠다.

"자기야. 일어 나. 여기서 잠들면 어떡해?"

"으응…… 이제 왔어?"

"기다리고 있었던 거야?"

"응."

가연이는 눈을 비비며 몸을 일으켰다. 그리고 윤우의 품에 살짝 기댔는데, 알콜 냄새가 느껴져 고개를 들었다.

"자기 술 마신 거야?"

"조금."

"바람 쐬러 간다면서 술을 마셨어? 그 정도로 힘들었던 거니? 말을 하지 그랬어."

가연은 조금 섭섭함을 느꼈다. 윤우는 웃으며 고개를 가로저었다. 힘든 것은 사실이었다. 하지만 그녀에게 걱정을 끼치고 싶진 않았다.

그리고 가연은 윤우의 그 마음을 느낄 수 있었다. 자신이 정말 사랑받고 있다는 느낌.

자애로운 미소를 지은 가연은 윤우를 안아 주었다. 어머니가 아들을 품에 안듯이. 윤우는 말없이 그녀의 체온을 느꼈다. 고향에 돌아온 것처럼 마음이 편안해졌다.

덕분에 몇 주간 팽팽하게 이어졌던 긴장이 탁 풀렸다.

두 사람은 서로를 껴안은 채 소파 위에서 잠이 들었다.

그렇게 한참의 시간이 흘렀다.

'뭐지?'

윤우는 몸에서 뭔가 이상반응을 느껴 눈을 떴다. 갑자기 몸이 뜨거워지며 두통이 몰려오기 시작한 것이다.

처음에는 별일 아니라고 생각했다.

하지만 시간이 지날수록 증상이 심해졌다. 이제는 오한에 근육통까지 일어났다.

윤우는 자신도 모르게 신음을 흘렸다. 윤우가 몸을 뒤척이자 선잠을 자던 가연이가 깨어났다.

"아, 깜빡 잠들었네. 자기 자?"

"아니."

"어디 아파? 몸이 뜨거워."

"갑자기 좀 이상하네."

"술 얼마나 마신 거야? 많이 마셔서 그런 거 아냐?"

"한 병 밖에 안 마셨어."

한 병은 윤우의 주량에 한참 모자란 것이었다. 술 때문이 아니라고 생각한 가연은 윤우를 부축하고 안방으로 들어갔다.

윤우는 침대에 누웠다. 얼굴이 빨갛게 달아올라 있었다. 감기에 걸린 것처럼 온몸이 쑤셨다.

윤우의 이마에 손을 얹은 가연은 깜짝 놀랐다. 굉장히 뜨거웠다.

"열이 많이 나는 것 같아."

"그래?"

고개를 끄덕인 가연은 화장대 서랍을 열어 체온계를 꺼냈다. 그리고 윤우의 귀에 대고 체온을 쟀다. 숫자를 본 가연의 눈이 커졌다.

"38도야. 열이 심해. 해열제 좀 먹어 볼래?"

"아니. 술 마셔서 안 돼."

집에 있는 해열제는 타이레놀뿐. 주성분이 아세트아미노펜이니 음주 후에 마시면 간이 손상될 우려가 있었다.

"그럼 얼음찜질 좀 해보자. 얼음주머니 만들어 올게. 잠깐만 기다리고 있어."

가연은 서둘러 주방으로 가서 얼음주머니를 만들어 왔다. 하지만 효과는 별로였다. 그로부터 한 시간이 지나자 윤우의 체온은 40도까지 치솟았다.

눈을 제대로 뜰 수 없었다. 정신이 혼미해졌다. 그 상황에서도 윤우는 원인을 생각해 보았다.

'요즘 무리한 게 화근이었나? 오늘 그 사내를 만나고 나서 긴장이 좀 풀린 것 같아.'

이런 중요한 순간에 몸이 망가질 줄은 전혀 예상하지 못했다.

평소 윤우는 병원에 한 번 간 적이 없을 정도로 건강했다. 회귀를 하며 신체능력이 좋아졌던 것이다. 그것이 윤우를 방심하게 한 것이다.

가연의 얼굴이 걱정으로 가득 찼다.

"열이 더 심해지네. 안 되겠어. 병원에 가자. 일단 엄마한테 연락해 놓을게."

가연은 전화를 걸어 아이들을 봐달라고 부탁했다. 친정이 가까웠기 때문에 그녀의 어머니는 택시를 타고 바로 집으로 달려왔다.

"죄송합니다. 장모님. 주무시지도 못하고."

"아니야, 죄송은 무슨. 연락 잘 했어. 어서 병원에 가봐. 가연아. 김 서방 잘 챙겨라. 알았지? 애들은 걱정하지말고."

"응. 다녀올게."

가연은 윤우를 차에 태워 한국대학교 부속병원 응급실로 이동했다.

응급실 안으로 들어가는 두 사람. 자동문이 열리자 맞은편에서 익숙한 얼굴이 보였다.

"너희들, 무슨 일이야?"

때마침 강준혁이 당직을 보고 있었다. 윤우의 상태가 안좋은 것을 확인한 그가 백의를 휘날리며 이쪽으로 뛰어 왔다.

"왠지 오늘은 환자가 바뀐 느낌이다? 이번엔 윤우가 아픈 거냐?"

"감기에 걸린 것 같아요. 열이 심해요. 최근에 좀 무리했는데 그래서 그런 것 같기도 해요."

가연의 설명을 들으며 강준혁이 빠르게 윤우의 상태를 체크했다. 확실히 몸이 굉장히 뜨거웠다.

"무리했어? 흐음, 네가 밤에 안 재운 거구나."

"네?"

강준혁의 농담에 가연의 얼굴이 빨개졌다. 이 상황에서 그런 농담을 하다니. 역시 그는 명의(名醫)였다.

"농담이야. 농담. 어이, 김 간호사! 여기 급환이야. 체온계 좀 가져와 봐."

"예! 선생님."

젊은 간호사가 재빨리 다가와 윤우의 귀에 체온계를 댔다. 곧이어 삐익 소리가 났다.

"40.8도예요."

"뭐? 잘못 잰 거 아냐? 다시 해 봐."

간호사가 다시 체온을 쟀는데 이번에도 똑같이 나왔다. 강준혁이 인상을 찌푸렸다.

"어서 치료를 해야겠어. 가연이 넌 일단 원무과 가서 접수하고 와라."

강준혁은 윤우를 부축해 침상에 눕혔다. 급환이었기 때문에 일단 팔에 링거를 연결하고 해열제를 투여했다.

그로부터 한 시간이 지나자 윤우의 상태가 호전되기 시

작했다. 하지만 38도 이하로 열이 내려가지 않았다. 폐렴 증세도 보이고 있어 강준혁의 고민이 길어졌다.

뷰 박스에 윤우의 흉부 엑스레이 사진이 걸렸다. 강준혁은 그것을 물끄러미 바라보며 고민에 잠겼다.

"역시 입원을 시키는 게 좋을 것 같은데."

"얼마나요?"

"일주일 정도는 쉬어야 하지 않을까 싶다. 최근에 과로했다면서. 그럴 때는 병원에 짱박혀서 쉬는 게 최고야. 병가 내면 되니까."

그 말에 가연은 윤우를 바라보았다. 그는 머리에 얼음팩을 올린 채 잠들어 있었다. 얼마나 힘들었을까. 가연은 가슴이 찢어질 듯 아팠다.

강준혁이 엑스레이 사진을 떼어내며 말했다.

"입원처리 할 테니까 일단 원무과 가서 입원수속 밟고와라."

"저, 큰 문제는 없겠죠?"

"그냥 과로일 뿐이야. 열은 곧 떨어질 거고. 너무 걱정하지 마라."

곧 윤우는 2인실에 입원을 했다. 침상 하나가 비어있어 독실처럼 편하게 쓸 수 있었다. 가연은 휴대폰을 꺼내 윤우의 상태를 친구들에게 알리려 했다.

그런데 그때 윤우의 손이 가연의 팔목을 붙들었다. 가연은 휴대폰을 내려놓았다.

"일어났어? 몸은 좀 어때?"

"괜찮아. 지금 애들한테 알리려고 한 거지? 그러지 마. 다들 몰려와서 소란 떨 게 분명하다. 이렇게 된 거 혼자 며칠 푹 쉬는 게 좋겠어."

"알겠어."

가연은 휴대폰을 주머니에 넣었다. 그의 말이 맞았다. 평소에 건강했는데 갑자기 입원했다고 하면 주변에서 가만히 있지 않을 것이다.

윤우의 곁에 앉아 그의 손을 잡아주는 가연. 그녀의 표정은 울적했다. 물기를 머금은 눈동자가 조금씩 떨리기 시작했다.

"왜 아프고 그래. 마음 아프게……."

"미안."

"미안하다고 하면 다야? 내가 얘기 했잖아. 쉬엄쉬엄 하라고. 건강이 제일 중요한 거 몰라?"

가연의 눈에 결국 눈물이 맺혔다. 원망스러운 눈으로 윤우를 내려다본다.

윤우는 씨익 웃었다. 손을 뻗어 가연의 머리를 쓰다듬어 주었다. 그녀가 토라질 때 자주 쓰는 방법이다.

"왠지 자기가 어떤 심정인지 알 것 같다."

"갑자기 그게 무슨 소리야?"

"너 사고 나서 병원에 누워있을 때 매번 그런 생각을 했었으니까. 왜 아프냐고, 어서 일어나라고. 그거에 비하면 나는 환자도 아니지. 걱정할 거 없어. 금방 일어날 거니까."

가연은 고개를 끄덕였다. 그렇게 두 사람은 한동안 말없이 서로를 바라보았다. 어느덧 시계가 새벽 4시를 가리켰다.

"이제 좀 쉬어. 열은 금방 내려갈 거래."

"자기도 눈 좀 붙여. 나 때문에 괜히 고생이다."

"알면 됐어."

가연이가 윤우의 볼에 키스를 해 주었다.

그녀가 보호자석에 눕자 윤우도 눈을 감았다. 하지만 그의 정신은 온전히 깨어 있었다.

'오히려 잘 됐다. 여기에서 충분히 쉬고 나가서 본격적으로 움직여 봐야지.'

윤우가 눈을 떴다.

그의 머릿속에 한 사람의 얼굴이 떠올랐다. 윤보현 의원. 윤우는 얼마 전에 그가 청와대에서 제안했던 공천 문제를 다시 고민해 보았다.

몇 가지 가능성이 모여 하나의 계획이 완성되었다. 처음부터 끝까지 그 계획을 다시 한 번 점검한 윤우는 고개를 끄덕였다. 해 볼만 했다.

'나쁘지 않아. 이 방법이라면 가능성이 있겠어.'

잠시 후 하늘 저편에서 어스름이 시작되었다. 곧 태양이 모습을 드러낼 것 같았다.

윤우는 창밖으로 시선을 고정하며 한 사람에 대한 적개심을 불태웠다. 당연히 그 대상은 한동진 위원장이었다.

NEO MODERN FANTASY STORY

뉴 라이프
NEW LIFE

Scene #79 징벌, 그리고…

Scene #79 징벌, 그리고...

　그로부터 일주일 후 윤우가 퇴원을 했다. 집으로 돌아온 윤우가 제일 먼저 한 일은 윤보현 의원에게 연락을 한 것이었다.

　그렇게 두 사람은 윤보현 의원 사무실 근처에 있는 카페에서 만났다.

　"갑자기 연락을 드려 죄송합니다."

　"아닐세. 다른 사람도 아니고 자네가 긴히 만나고 싶다는데 시간을 쪼개 봐야지. 어때, 몸은 좀 괜찮아졌나? 딸애가 걱정을 많이 하더군."

　"걱정해 주신 덕분에 많이 좋아졌습니다."

　"다행이야. 아무튼 몸조심하도록 해. 젊다고 무리를 하다가는 큰일 나. 과로엔 장사가 없는 법이지."

"명심하겠습니다."

결국 친구들은 윤우의 입원 사실을 알게 됐다. 범인은 강준혁이었다. 슬아에게 그 사실을 전했던 것. 그러다보니 윤보현 의원도 윤우의 입원 소식을 접하게 됐다.

윤보현 의원이 화제를 돌렸다.

"그나저나 각하께서 따로 연락을 주신 건 없나?"

"아직 없습니다."

"그렇군. 각하께서 나서만 주신다면 자네가 하는 일이 조금 수월하게 풀릴 텐데……."

하지만 윤우는 크게 기대하지 않았다. 기대가 크면 실망도 큰 법. 대통령은 국가의 수장이다. 그 직책의 무거움만큼 운신이 어려울 것이다.

물을 한 모금 마신 윤우가 몸을 테이블에 가까이 붙였다. 이제 본론으로 들어갈 시간이었다.

"각하의 힘을 빌리지 않아도 이번 일을 어느 정도 정리할 수 있을 것 같습니다. 병원에 있는 동안 나름 계획을 세워봤거든요."

"그래? 궁금하군. 뭔지 들을 수 있겠나?"

"물론입니다. 그 전에 한 가지 확인할 게 있는데…… 일전에 청와대에서 하신 말씀 있잖습니까. 공천 말입니다."

"아아, 그래. 그게 왜?"

"아직도 그 제안이 유효합니까?"

윤보현 의원의 눈빛이 달라졌다. 하지만 곧 윤우의 의도를 알아채고는 기쁜 표정을 지었다.

"설마 마음을 바꾼 겐가?"

"아뇨. 마음을 바꾼 건 아닙니다."

"바꾼 게 아니라고?"

윤보현 의원은 고개를 갸웃했다. 마음을 바꾸지 않았는데 왜 공천 이야기를 꺼낸단 말인가.

윤우가 그 이유를 설명했다.

"사실 그와 관련해 부탁을 드릴 게 있어서요."

"부탁? 계속 말해 보게."

"제 계획을 시작하기 위해서는 공천을 받는 게 전제 조건입니다. 그 이후에……."

윤우의 설명은 약 10분 간 이어졌다.

설명을 모두 들은 윤보현 의원은 왜 그가 공천 이야기를 꺼냈는지 알게 됐다. 감탄이 절로 나왔다. 윤우는, 정말 상상하지도 못한 계획을 준비하고 있었다.

하지만 그 계획은 위험했다. 양날의 검이다. 그랬기에 윤보현 의원이 확인하듯 물었다.

"그런데 정말 그렇게 할 계획인가? 신중히 생각할 필요가 있어. 말은 쉽지만…… 자칫하다가는 자네의 명성에 흠이 남을 수도 있어."

"어떻게 해서든 한동진 위원장을 자리에서 끌어낼 겁니다. 그러지 않고서는 뜻한 바를 이루기 어려울 것 같습니다."

윤우의 의지는 확고했다. 신음을 흘린 윤보현 의원은 고개를 끄덕였다.

"그렇군. 잘 알겠네. 자네의 계획대로 일을 진행해 보도록 하지. 당으로 돌아가자마자 공천 작업을 시작하겠네. 그리고 새정치위원회에 자네의 이름을 올리도록 하지."

"감사합니다."

윤우는 고개를 살짝 숙였다. 어느새 그의 입가에 미소가 걸려 있었다. 느낌이 나쁘지 않았다.

"뭐? 국회의원 보궐선거에 출마한다고?"

"그래."

윤우의 고백에 슬아가 깜짝 놀랐다. 건강이 어떤지 확인하러 연구실에 왔다가 뜻밖의 소식을 듣게 됐다.

윤우의 말에 따르면 서울 강남 갑 선거구에 출마하게 됐다고 한다. 그곳은 여당인 한국당의 텃밭이었다. 큰 문제만 일으키지 않으면 당선이 확실시되는 곳이다.

커피포트를 조작하며 윤우가 물었다.

"모르고 있는 눈치네. 아버님이 말씀 안 하신 거야?"

"응. 요즘 잘 뵙지를 못했거든."

"부녀간에 너무 대화가 없는 거 아니냐. 신경 좀 써."

윤우가 씨익 웃으며 슬아에게 직접 내린 커피를 건넸다. 소파에 기댄 슬아가 컵을 든 채 인상을 찌푸렸다.

"근데 어쩌려고 출마를 결심했어? 너 정치엔 전혀 관심이 없었잖아."

"관심이 없는 건 지금도 마찬가지야."

"뭐?"

슬아가 눈매를 좁혔다. 그녀는 윤우와 꽤 오래도록 관계를 이어왔다. 윤우의 미소 이면에 숨겨 있는 뭔가를 발견할 수 있었다.

"무슨 꿍꿍이니?"

"궁금해?"

슬아는 고개를 한 번 끄덕였다. 그녀라면 믿을 수 있었다. 어차피 윤보현 총재가 계획의 전말을 다 알고 있으니 숨길 이유는 없다.

윤우는 김준호 조교가 자리를 비웠는지 확인한 다음 그녀에게 말했다.

"한동진 위원장하고 제대로 한판 붙어볼 생각이다."

"고작 그런 이유로 출마한다고?"

"고작 그런 이유라니? 한동진 위원장이 얼마나 위험한 인물인지 몰라서 그러냐?"

"리스크가 너무 심한 거 같아서 그래. 국회의원이 되면 대학 현장에서 멀어지는 거잖아. 교수를 그만둬야 할 수도 있고. 네가 여길 그만두는 건 상상도 할 수가 없어."

"난 국회의원이 된다고는 얘기 안 했다. 출마한다고만 했지."

"뭐?"

천재적인 두뇌를 가진 슬아였지만 윤우가 도대체 무슨 생각을 하는지 이해를 할 수가 없었다. 당선이 확실시되는 곳에 출마만 한다니?

"도대체 무슨 소리를 하고 있는 거야? 강남구 선거구면 네가 당선될 수밖에 없잖아."

"잠자코 지켜보기나 해. 때가 되면 너도 자연스레 알게 될 테니까."

그의 말에는 뭔가 비밀이 숨겨져 있었다. 하지만 이렇게 나온다면 끝날 때까지 이야기를 해 주지 않을 것이다.

슬아는 입을 꾹 다물었다. 왠지 분한 표정이었다.

"가연이는 뭐래?"

"아주 좋아하던데? 국회의원 마누라가 될 수 있다고. 가연이도 나이를 먹어서 그런지 너스레가 늘었어."

"하아, 정말이지……."

슬아는 부부는 닮는다는 말을 실감할 수밖에 없었다. 신경질적으로 커피를 홀짝이는 그녀였다.

◈

찰칵. 찰칵.

셔터소리가 바쁘게 들려왔다. 이곳은 한국당 당사 접견실. 여러 기자들이 몰려 취재 경쟁을 벌이고 있었다.

무대에는 윤우와 윤보현 한국당 총재가 포즈를 취하고 있었다. 윤보현 총재는 들고 있던 공천장을 윤우에게 건네며 악수를 청했다.

기자들은 그 순간을 사진으로 담았다. 정치면 첫머리에 장식될 만한 사진이다.

윤보현 총재가 윤우의 어깨를 다독이며 격려했다.

"좋은 결과 있기를 바라네."

"감사합니다. 결과로 보답하도록 하겠습니다."

윤우가 서울 강남 갑 선거구의 국회의원 후보로 확정되는 순간이었다.

뿐만 아니라 윤우는 한국당의 엘리트 그룹인 새정치위원회에 가입되었다. 향후 윤보현 총재의 참모 역할을 하며 국정에 개입할 것이다.

"총재님! 이쪽을 좀 봐 주십쇼!"

"포즈 좀 잡아 주세요!"

기자의 요구에 두 사람은 악수를 한 채 포즈를 취했다. 제대로 각이 나오자 플래시가 쉴 새 없이 터졌다.

한국당 비서관이 마이크를 들었다.

"공천장 전달식은 이것으로 마치겠습니다. 취재를 원하는 기자 여러분께서는 대회의실로 자리를 옮겨 주시기 바랍니다. 감사합니다."

기자들이 바쁘게 접견실을 나서기 시작했다. 곧 윤우와 윤보현 총재는 잠시 뒤로 물러나 은밀히 이야기를 나누었다.

"어때. 내가 준비한 무대는 마음에 드나?"

"최곱니다. 신경 써 주셔서 감사합니다. 이 정도면 완벽합니다."

"눈치챈 기자들은 없지? 일이 잘 풀려야 할 텐데 말이야."

윤보현 총재는 의미심장한 미소를 지었다. 윤우의 계획대로만 된다면 굉장히 재미있는 일이 벌어질 것이다.

"별일 없을 겁니다. 그럼 전 기자들 좀 만나고 오겠습니다. 바로 나가시나요?"

"그래. 요즘 이것저것 정신이 없네. 다음에 조용한 곳에서 식사나 한번 하지."

"예, 살펴 가십시오."

윤보현 총재를 배웅한 윤우는 대회의실로 이동했다. 열

개가 넘는 언론사에서 나온 기자들이 윤우를 목 **빠져라** 기다리고 있었다.

윤우는 말 그대로 '다크호스'였다.

이미 일주일 전부터 그의 기사가 신문을 장식하기 시작했다. 윤보현 총재의 황태자라는 소문이 퍼지자 그를 인터뷰하기 위해 기자들이 떼로 몰려들었다.

사실 그것은 윤보현 총재의 작품이었다. 윤우의 부탁을 받고 일부러 언론에 정보를 흘린 것이다.

자신을 서진일보 정치부 기자라고 소개한 젊은 남자가 첫 질문을 시작했다.

"공천을 받으신 기분이 어떠십니까? 강남 갑 선거구에 출마하시는 거라 감회가 남다르실 것 같은데요. 최근 20년 간 강남 선거구는 모두 한국당이 독식했습니다. 이번에도 승리를 확신하십니까?"

"강남이 한국당의 텃밭이라고 방심할 생각은 없습니다. 제가 계획한 대로 철저히 준비를 할 겁니다."

윤우가 교과서적인 답변을 꺼냈다. 많은 기자들이 묵묵히 노트북을 두드리기 시작했다.

이번엔 광장신문에서 온 여기자가 질문을 했다.

"김윤우 후보께서는 평소에 대학 개혁에 대해 강한 의지를 보이셨는데요. 당선 후에도 개혁 활동을 이어가실 건지 궁금합니다."

"좋은 질문이네요. 결론부터 말씀드리면 그렇다고 할 수 있겠습니다. 제가 국회의원에 출마하려는 것도 대학 개혁 활동 과정에서 교수라는 신분의 한계를 느꼈기 때문입니다."

그때 다른 기자가 끼어들었다.

"김윤우 후보께서는 현재 대학개혁위원직을 겸직하고 계신 것으로 알고 있는데요. 어떤 문제라도 있으셨던 겁니까?"

윤우는 의도적으로 뜸을 들였다. 여러 기자들이 머릿속에 물음표를 그렸다. 대회의실이 고요해졌다.

윤우가 입을 열었다.

"대학개혁위원회는 개혁을 위한 집단이 아닙니다."

한마디로 폭탄선언이었다.

기자들이 웅성거리기 시작했다. 만약 윤우가 교수 신분이었다면 기자들이 이렇게 동요하지 않았을 것이다.

하지만 그는 유력한 국회의원 후보였고, 윤보현 한국당 총재의 비호를 받는 인물이었다.

그때 뒤에서 어떤 기자가 질문을 던졌다.

"잘 이해가 안 가는데요. 무슨 말씀이신지 자세히 들려주실 수 있으십니까?"

"죄송합니다. 오늘은 여기까지 하죠. 피곤하네요."

윤우가 자리에서 일어섰다. 당황한 기자들이 윤우를 붙

잡으려 했지만 늦었다. 그는 이미 뒷문을 통해 그곳을 빠져나간 뒤였다.

당사 밖으로 나온 윤우는 한국당에서 제공한 관용차에 올랐다. 정장을 입은 운전기사가 고개를 숙였다.

"고생하셨습니다. 김 후보님."

"고생은요."

차가 천천히 앞으로 나아가기 시작했다. 운전기사가 백미러로 윤우를 보며 물었다.

"어디로 모실까요?"

"명인일보 사옥으로 가 주세요."

"알겠습니다."

그때 윤우의 휴대폰이 울렸다. 액정을 확인해 보니 전화를 건 사람은 명인일보 박철순 국장이었다. 윤우는 통화 버튼을 터치했다.

– 매정한 친구 같으니. 인터뷰 도중에 도망치는 경우가 어디에 있나?

휴대폰을 귀에 대자마자 타박이 들려왔다. 아무래도 공천장 전달식에 참석한 기자들 중 명인일보에서 나온 사람이 있었던 모양이다.

피식 웃은 윤우는 사정을 설명했다.

"퇴원한 지 얼마 안 된 거 아시잖아요. 컨디션 회복이 아직 덜 됐습니다."

─ 그래도 그렇지. 자네가 국회의원에 당선되는 순간인데 소감이라도 한마디 하지 그랬어?

"한마디는 했죠. 그런데 아직 투표도 안 했는데 무슨 당선입니까? 김칫국부터 마시지 마세요."

─ 허허, 무슨 순진한 소리야? 한국당 후보로 강남에 출마를 했으면 당연히 당선이 된 거지. 겸손이 지나치면 독이 되는 거 모르나?

수화기 너머로 시원한 웃음소리가 들렸다.

처음에 윤우가 보궐선거에 공천될 거라는 소문을 들은 그는 그것을 헛소문으로 치부했다. 윤우와 국회의원은 어딘가 어울리지 않았던 것이다.

하지만 곧 그것은 사실로 밝혀졌다. 아직까지도 믿기지 않았지만, 그는 윤우가 성공하기를 빌었다. 교수와 국회의원은 스케일부터가 다르니까.

─ 그나저나 지금 어딘가? 좀 만나고 싶은데.

"비밀입니다. 국장님까지 절 괴롭히시려고요?"

─ 에이, 그런 거 아니야. 그냥 오랜만에 자네가 보고 싶어서 그래. 쐬주에 삼겹살 어떤가? 이번에는 내가 쏠게. 응?

"국장님께는 못 당하겠네요. 알았어요. 지금 당사에서 나왔으니 제가 그쪽으로 가겠습니다. 차 안 막히면 한 30분쯤 걸릴 것 같네요."

– 그래. 그럼 기다리고 있겠네.

전화를 끊은 윤우는 뒷좌석에 앉아 창밖을 바라보았다. 그는 운전기사에게 아무런 지시도 내리지 않았다.

애초에 윤우의 차는 명인일보 사옥을 향하고 있었다. 박철순 국장의 전화가 올 것을 이미 예상하고 움직인 것이다.

'아직까지는 계획대로 잘 되고 있어. 끝까지 일이 잘 풀려야 할 텐데.'

윤우가 탄 차가 명인일보 사옥에 멈춰 섰다. 문을 열고 내린 윤우가 운전기사에게 친근히 말했다.

"바로 퇴근하시죠. 자리가 좀 길어질 것 같습니다."

"아닙니다. 당연히 기다려야죠."

"택시 타고 들어갈게요. 걱정 마시고 일찍 들어가서 쉬십시오."

탁.

윤우는 대답을 듣지 않고 문을 닫았다. 운전기사는 윤우의 배려에 감동했고, 잠시 후 차는 그곳을 떠났다.

전화를 걸어 보니 박철순 국장은 벌써 단골 삼겹살집에서 자리를 잡고 있다고 했다. 그곳으로 가 보니 박철순 국장은 누군가와 같이 있었다.

그는 안경을 낀 중년인과 술을 마시고 있었다. 왠지 분위기를 보니 같이 있는 사내도 기자인 것 같았다.

"아, 어서 오십시오. 김 의원님!"

"농담은 그만 하세요. 선거 아직 두 달이나 남았습니다."

윤우가 대꾸하자 박철순 국장이 큰 소리로 웃었다. 기분이 좋아 보였다.

그때 안경 낀 중년인이 자리에서 일어서 악수를 청했다.

"처음 뵙겠습니다. 일간스포탈의 류희윤 기잡니다."

일간스포탈은 스포츠 신문으로 연예와 스포츠, 최신 가십을 다루는 꽤 유명한 신문이었다. 윤우는 그와 손을 맞잡으며 인사를 건넸다.

"반갑습니다. 김윤우입니다. 손님이 계실 줄은 몰랐네요."

"박 국장이 좋은 기사거리가 있다고 해서 달려왔지요. 저희 회사도 여기 근처거든요. 아무튼 여기저기에서 말씀은 많이 들었습니다. 요즘 아주 핫하시더군요."

"그런가요?"

그렇게 세 사람은 자리에 앉아 술을 마시며 이야기를 나누었다.

본격적으로 진지한 이야기가 나온 것은 소주가 두 병째 비워졌을 때였다. 다들 주당이라 얼굴만 조금 붉어졌을 뿐, 취한 기색이 없었다.

류희윤 기자가 윤우를 주목했다.

"윤우 씨. 질문 하나 해도 됩니까?"

"얼마든지요."

"최근 윤우 씨가 정치면에서 자주 거론되지 않았습니까? 윤보현 총재의 황태자라는 기사까지 실린 걸로 알고 있어요. 그래서 드리는 질문입니다. 어떤 계기로 출마를 결심하신 겁니까? 기자밥을 20년 동안 먹었지만 도무지 감을 못 잡겠더군요. 이 친구도 마찬가지고."

박철순 국장이 고개를 끄덕여 동의를 표했다. 잠시 생각을 정리한 다음 윤우가 답했다.

"교수를 하면서 깨달은 게 하나 있거든요. 생각보다 할 수 있는 일이 적다는 거."

류희윤 기자는 최근 윤우의 행보를 떠올려 보았다. 윤우의 관심사는 단 하나였기 때문에 쉽게 떠올릴 수 있었다.

"대학 개혁 말씀입니까?"

"예, 맞습니다. 지금 대학개혁위원회에 몸담고 있긴 하지만 한계가 있더군요."

"구체적으로 어떤 한계입니까?"

"한마디로 개혁과 어울리지 않는 집단이라고 해야 할까요."

"호오, 재미있는 말씀을 하시는군요. 개혁을 위해 만들어진 곳이 개혁과 어울리지 않는다니."

대화의 분위기는 마치 인터뷰처럼 전개되고 있었다. 박

철순 국장은 소주를 홀짝이며 귀를 쫑긋 세우고 두 사람의
대화를 경청했다.

윤우가 말했다.

"대학개혁위원회는 위원의 구성만 봐도 그 한계를 빤히
알 수 있지요. 위원회에는 한사협 소속 위원들이 많습니
다. 위원장도 그쪽 이사고. 그들이 과연 대학 운영에 불리
한 정책을 만들까요? 전 아니라고 봅니다."

"확실히 그런 면이 있긴 있습니다. 처음부터 말들이 좀
많긴 했죠."

류희윤 기자가 고개를 끄덕였다. 이어 윤우가 히든카드
를 꺼냈다.

"아무래도 모종의 거래가 오간 게 아닌가 싶어요."

"모종의 거래?"

두 기자가 관심을 보였다. 구린내는 기가 막히게 잘 맡
는 사람들이었다.

윤우가 목소리를 낮춰 말했다.

"교육부장관의 재가로 한동진 이사가 위원장에 취임했
는데, 상식적으로는 이해가 안 되는 일이죠. 듣기로 한동
진 위원장이 불법사채업을 한다는 이야기도 있고."

"소스는 어딥니까?"

"제 대학 제자가 불법사채에 당했다고 하더군요. 알고
보니 그 배후에 한동진이 있었습니다."

윤우는 얼마 전 문예지와 있었던 일을 그들에게 자세히 설명했다. 약간의 과장을 붙여서 말이다. 국문과 교수답게 극적인 느낌이 물씬 들었다.

"확실히 뭔가 구린내가 나네요. 박 국장. 그렇지 않나?"

"맞아. 느낌이 딱 온다."

두 언론인은 뭔가를 생각하기에 바빴다. 이윽고 둘이 시선을 교환하더니 고개를 끄덕여 보였다.

'이제 이들이 탐사보도를 하기만 기다리면 되겠군.'

모든 것이 각본대로 흘러가고 있었다. 만족스럽게 웃은 윤우는 소주잔을 시원하게 비웠다. 그리고 품에서 메모지를 꺼내 박철순 국장에게 건넸다.

거기엔 김팔봉 심부름센터와 문예지의 전화번호가 적혀 있었다.

대학개혁위원회의 태생적 한계가 드러나다!
서명준 교육부장관의 로비 의혹
대학 개혁은 물거품으로 돌아가나?
한국당 김윤우 후보의 강력한 비판 이어져

노트북으로 기사를 읽던 윤우는 흡족한 미소를 지었다.

언론이 자신의 계획대로 움직이고 있었다.

각 신문의 정치면에서 한동진 위원장과 현 교육부장관인 서명준의 커넥션에 대해 밀도 있게 다뤘다.

그 시작은 류희윤 기자가 몸담고 있던 일간스포탈이었고, 명인일보 등의 메이저 언론에서도 보도를 시작했다. 얼마 전 삼겹살 회동이 효과를 발휘한 것이다.

윤우는 강남 선거구에 출마하면서 각종 매체와 인터뷰를 했다. 그 때마다 대학 개혁에 대한 이야기를 꺼냈고, 현 대학개혁위원회의 문제점을 강하게 어필했다.

그것들이 하나 둘 기사화되면서 한동진 위원장과 한사협 출신 위원들을 압박했다. 윤우는 등에 윤보현 총재를 업고 있었다. 그의 비판은 대단한 위력을 발휘했다.

"그럼 다음 안건에 대해 요약을 하겠습니다."

젊은 여자 위원이 계속 발표를 이어갔다. 지금 청사 대회의실에서는 대학개혁위원회 3차 총회가 열리고 있었다.

"현실적으로 시간강사 계약을 1년 단위로 하는 것은 바람직하지 않습니다. 그렇게 된다면 계약을 하지 못한 시간 강사들이 다른 강의를 구하는 데 시간이 오래 걸리게 되죠. 6개월 단위로 계약을 갱신하는 것이 좋습니다. 자세한 내용은 첨부한 서류를 확인해 주시기 바랍니다."

위원들이 테이블 위에 있는 첨부 자료를 확인했다. 종이 넘기는 소리가 시끄럽게 들렸다.

그때 다른 위원이 손을 들고 발언권을 요청했다. 하지만 상석에 앉아 있던 한동진 위원장은 깍지 낀 손으로 턱을 괸 채 멍하니 있기만 했다.

위원들의 시선이 하나 둘 한동진 위원장 쪽으로 향했다. 다들 의아한 표정이다.

"저, 위원장님?"

발언권을 요청한 의원이 불렀지만 한동진 위원장은 대답하지 않았다. 뭔가를 골똘히 생각하고 있는 듯했다. 위원들이 고개를 갸웃했다.

윤우는 그 이유를 알 것 같았다. 최근 언론의 공세가 강화되면서 그쪽에 신경을 쓰고 있는 것이리라.

'아직 검은색 벤츠 사건은 기사화되지 않았지만…… 시간문제일 뿐이야. 한동진 너도 얼마 남지 않았어.'

삼겹살집에서 만난 류희윤 기자가 김팔봉과 함께 열심히 조사 중이다. 만약 사건의 전말이 밝혀지게 된다면 한동진 위원장에겐 치명타가 될 것이다.

윤우가 웃으며 대신 말했다.

"위원장님께서 뭔가 중요한 일이 있으신가 봅니다. 신경 쓰지 마시고 발언하시죠."

"아."

그제야 한동진 위원장이 정신을 차렸다. 그는 주변을 두리번거렸다.

"미안합니다. 누가 발언을 요청했죠?"

"접니다."

"그래요. 한석규 위원. 발언하세요."

"에…… 그러니까 6개월 단위로 계약을 갱신하는 것 자체엔 찬성합니다. 그러나 의무 강의 시간을 9시간으로 설정하는 것은, 시간강사끼리의 경쟁을 심화시킬 수 있어 바람직하지 않다고 봅니다."

"하지만 강사료 인상이 보류된 이상 강의시수라도 확보해 주는 것이 시간강사들의 삶의 질 향상에 도움이 될 텐데요?"

"어차피 시간강사들은 여러 학교에서 강의를 하지 않습니까? 한 학교에서 9학점 이상을 하게 된다면 자대생들만 강의를 받게 되는 문제가 발생할 수도 있어요."

"그건 억측입니다."

토론이 뜨겁게 이어졌다. 윤우는 한 귀로 위원들의 토론을 들으며 시선은 한동진 위원장 쪽으로 고정했다. 그는 또다시 생각에 빠져 있었다.

최근 급변한 정세 때문에 골치를 썩고 있었다. 도무지 이 상황을 빠져나갈 답이 보이지 않았다.

무엇보다도 윤우가 이렇게 빠르게 치고 올라올 줄은 몰랐다. 한국당 새정치위원회에 들어가기도 했으니, 이제 윤우는 정계에서 독보적인 길을 걸을 것이다.

문득 얼마 전 교육부장관을 만났던 때가 떠올랐다. 서명준 장관은 호통을 치며 언론을 진정시키라고 명했다. 알겠다고 대답하긴 했지만 딱히 명안이 떠오르진 않았다.

'빌어먹을.'

한동진 위원장의 입에서 한숨이 흘러나왔다. 지금은 도저히 총회에 집중할 만한 상황이 아니었다.

결국 그가 의사봉을 들었다.

"오늘은 이만 마무리를 하지요. 남은 안건은 4차 총회로 미루겠습니다. 폐회를 선언합니다."

한동진 위원장이 일방적으로 의사봉을 두드렸다.

시작한 지 아직 한 시간도 지나지 않은 시점이었다. 위원들은 영문을 몰랐지만, 별다른 이의 없이 위원장의 말에 따랐다.

"잠깐. 그 전에 한 가지 드릴 말씀이 있습니다."

누군가 자리에서 일어섰다. 모두의 시선이 그쪽으로 향했다. 윤우가 자신만만한 표정으로 위원장의 대답을 기다리고 있었다.

한동진 위원장은 노골적으로 난색을 표했다.

"그 말씀도 다음 총회에서 하도록 하시게."

"왜죠? 뭐 찔리는 거라도 있으십니까?"

"뭐라고?"

"오늘 총회 일정에 잡힌 회의 시간은 두 시간입니다. 아

직 한 시간도 지나지 않았지요. 한 마디 정도는 할 수 있다
고 생각합니다만."

반박할 수 없었던 한동진 위원장은 이를 꽉 깨물며 고개
를 끄덕였다. 다른 위원들도 다시 착석해 윤우를 주목했
다. 차성빈 교수는 흥미로운 눈빛으로 윤우를 바라보았다.

그를 향해 한 번 웃어 준 윤우는 대회의실을 천천히 거
닐었다. 테이블을 돌며 한동진 위원장 쪽으로 걸었다.

이윽고 윤우가 한동진 위원장의 자리에 도착했다.

"최근 언론에서 우리 위원회에 대한 비판이 거세지고
있습니다. 이에 대해 어떻게 생각하십니까?"

마이크를 쓰지 않았는데도 윤우의 추궁이 쩌렁쩌렁 울
렸다.

"그건 김 위원 탓이 아닙니까?"

"그게 왜 제 탓인지 모르겠군요. 저는 사실만을 말했을
뿐입니다. 제가 한 말에 거짓이 있었습니까?"

"루머일 뿐이지. 우리 위원회는 적법한 과정을 거쳐 조
직된 단체요. 로비는 없었소."

"하지만 객관적으로 보아도 위원 선정은 편향되어 있습
니다. 한사협에서 활동하시던 분들이 꽤 많이 계시지요.
안 그렇습니까?"

윤우가 좌중에게 질문을 던졌다. 모두가 침묵했다. 무언
의 긍정이었다.

"우연의 일치일 뿐이지."

"그렇습니까? 그런데 말입니다. 소문에는 강사법 개정에 앞장서던 어떤 교수를 사찰까지 하셨다던데, 사실입니까?"

"그게 무슨 헛소리요!"

한동진 위원장이 버럭 소리를 지르며 테이블을 내리쳤다. 분위기가 험악해졌다.

"저의 지인이 미행을 당했다고 하더군요. 하지만 문제는 거기에서 끝나지 않았습니다. 여학생을 동원해 성적 스캔들을 터트려 강단에서 끌어내리려고까지 했다더군요."

"하하하. 국문과 선생이라 그런지 소설을 쓰시는군"

"뭐, 저도 사실 한동진 위원장께서 그런 일을 했다고 믿지는 않습니다."

의외의 말에 한동진 위원장이 눈매를 좁혔다. 씨익 웃은 윤우는 한동진 위원장의 귀에 가까이 대고 말했다.

"하지만 진실은 곧 밝혀지겠죠. 기대하셔도 좋습니다."

"뭐라고?"

고개를 꾸벅 숙인 윤우가 대회의실을 나섰다. 한동진 위원은 눈꺼풀이 파르르 떨릴 정도로 분노했지만, 마음 한구석을 차지한 불안감을 지우지 못했다.

대학개혁위원회 2차 총회가 끝나고 일주일 뒤, 윤우가 기다리던 전화가 왔다.

"예지에게 사주를 한 남자가 CCTV에 찍혔다고요?"

– 그렇습니다. 김팔봉씨가 어렵게 자료를 입수했네요.

목소리의 주인공은 일간스포탈의 류희윤 기자였다.

"경찰의 도움을 받은 겁니까? 쉽지 않았을 텐데요. CCTV는 경찰 입회하에 확인할 수 있는 걸로 알고 있는데."

– 경찰이 개입한 건 아니라고 합니다. 저도 어떻게 구했는지 물어봤는데 대답을 안 해주더군요. 아무튼 신기한 분입니다. 가끔 도인 같은 풍모를 보일 때가 있어요.

김승주에게 살짝 들은 이야기인데, 한때 김팔봉은 계룡산에서 수련을 했다고 한다. 여러 직종을 전전하다가 최근에 심부름센터를 차린 것이다.

검은색 벤츠 사건을 조사하고 있던 류희윤 기자는 비서관의 신원을 확보했으니 이제 그와 한동진 위원장과의 연결고리만 찾으면 된다고 말했다.

윤우가 물었다.

"조사가 끝나면 어떻게 하실 겁니까? 구체적으로 듣고 싶은데요."

— 저희 신문 1면에 대대적으로 실을 겁니다. 네이비 뉴스 페이지에도 당연히 올라갈 거고요. 좀처럼 보기 힘든 특종인데 크게 터트려야 하지 않겠습니까?

"알겠습니다. 그럼 끝까지 잘 부탁드립니다."

전화를 끊은 윤우는 한숨을 돌렸다. 의자를 뒤로 젖히고 눈을 감았다. 긴장이 풀리니 졸음이 쏟아졌다.

그때 연구실 문에서 노크가 들렸다. 김준호 조교가 자리에 없었기 때문에 윤우가 직접 들어오라고 말했다.

"선생님?"

윤우는 깜짝 놀랐다. 찾아온 손님은 다름 아닌 차성빈 교수였다.

"연락도 없이 무슨 일이세요?"

"뭔가 불청객이 된 듯한 느낌이군."

"아, 그런 건 아닙니다. 좀 놀라서요."

"나한테 숨기는 거라도 있는 모양이야."

"설마요."

최근 차성빈 교수와 많이 가까워졌다. 대학개혁위원회 활동을 하며 사적으로 이야기를 나눌 기회가 많아졌기 때문이다.

의외로 그는 대학 개혁과 관련해 윤우와 의견이 잘 맞았다. 지독히 기회주의적이고 보수적인 이미지였지만 실상은 조금 달랐다.

그도 남재창 교수 밑에서 고생을 많이 한 사람이다. 그래서 그런지 시간강사 처우 문제에 대해서는 놀라울 정도로 개방적이었다.

"일단 앉으시죠."

윤우는 냉장고를 열어 마실 것을 준비했다. 음료수 두 개를 손에 들고 차성빈 교수와 마주보고 앉았다.

"선거 준비는 잘 되고 있나?"

"그냥 그렇습니다. 아직 후보등록 기간까지는 여유가 있어서요."

차성빈 교수는 피식 웃었다. 그리고 다리를 꼬더니 이렇게 물었다.

"한국당의 진짜 후보는 누구야?"

"그게 무슨 말씀입니까?"

"공천을 받긴 했지만, 네가 후보 등록을 하지 않을 거라는 건 이미 알고 있다."

윤우는 흠칫 놀랐다. 그에게 선거 이야기는 가급적 하지 않았다. 날카로운 인물이라 계획을 알아챌 것 같았기 때문이다.

윤우는 아니라고 대답을 하려 했지만, 이미 몸이 먼저 반응을 한 탓에 돌이킬 수가 없었다. 한숨을 내쉬며 그에게 물었다.

"어떻게 아셨습니까?"

"넌 정치와는 상극인 사람이니까. 너와 한동진 위원장의 관계를 생각한다면 뻔히 나오는 답이지. 당의 힘을 빌려 한동진 위원장을 압박한다는 계획. 윤보현 총재를 어떻게 구워삶았는지는 모르겠지만 보궐선거에 나갈 거라고는 생각도 못했다."

"이건 비밀입니다. 밖으로 새어 나가서는 안 됩니다."

이런 데에서 변수가 발생할 줄은 몰랐다. 윤우가 간절히 부탁했지만, 차성빈 교수의 반응은 미적지근했다.

"대가 없는 부탁은 공허할 뿐이지."

"어떤 걸 원하십니까?"

차성빈 교수가 가방에서 인쇄물 하나를 꺼냈다. 그리고 그것을 윤우의 앞에 내려놓았다.

윤우는 인쇄물을 들고 첫머리를 읽었다. '한국대학교 인문과학센터 정기 콜로키움'이라는 글자가 보였다.

"이번에 해외문학의 번역에 담긴 헤게모니라는 주제로 학술회가 열린다. 거기서 발표 하나만 해라. 그러면 이번 일은 눈감아 주마."

윤우는 또다시 놀랐다.

한국대의 인문과학센터는 신화대의 한국어문학센터과 라이벌 관계였다. 그런 상황에서 센터장인 차성빈 교수가 발표를 제안한 것이다.

즉, 이번 제의는 센터 사이에 학술적인 교류를 열자는

것과 다를 바가 없었다.

"좀 갑작스러운데요."

"네가 국회의원에 출마한다는 눈속임보다는 덜 갑작스럽지 않나?"

"알겠습니다. 할게요. 대신 약속은 지켜주셔야 합니다."

차성빈 교수는 고개를 끄덕였다. 그리고 자리에서 일어섰다. 뜬금없이 그는 악수를 청했다. 가벼이 웃은 윤우는 그 손을 잡았다.

"이번에 대한민국 학술원에 있는 선배한테 들은 이야긴데, 너 이번에 올해의 젊은 교수상 후보에 올랐다고 하더라."

"그래요? 타지도 못하는 상 후보에는 계속 오르네요."

"글쎄. 이번에는 다를지도 모르지."

의미심장한 한마디를 남긴 차성빈 교수는 발걸음을 돌려 연구실을 나섰다.

문득 윤우는 이런 생각이 들었다. 뭔가 사람이 좀 달라진 것 같다고.

이유는 알 수 없었다. 하지만 최근 차성빈 교수가 자신에게 호의적으로 행동한다는 것을 느꼈다.

언젠가 차성빈 교수가 이런 말을 했었다. 우리가 가는 길은 완전히 다르지만 목적지는 완전히 같다고.

정반대의 행보를 걷는 그였지만 결국 자신과 목표가 같

은 것이다. 이번에 대학개혁위원회에서 함께 활동하며 그
것을 확인할 수 있었다.

'왜 그러는지는 모르겠지만 나쁘지 않은 신호야. 긍정
적으로 받아들여도 되겠지?'

윤우는 다시 책상에 앉아 콜로키움 관련 인쇄물을 자세
히 확인했다. 발표문을 준비할 수 있는 시간은 한 달. 시간
이 촉박했기에 윤우는 즉시 준비에 착수했다.

그로부터 2주일이 흐른 어느 날, 윤우가 기다리던 연락
이 왔다. 일간스포탈의 류희윤 기자였다.

– 기사 준비가 모두 끝났습니다. 내일이면 발행할 수 있
을 겁니다.

윤우는 미소를 지었다. 이제 한동진 위원장은 스캔들에
휘말릴 것이다. 위원장직은 물론 한사협의 이사 자리에서
도 물러나야 할지도 모른다.

"고생 많으셨습니다. 어떻게 감사의 인사를 드려야 할
지."

– 감사는 무슨요. 좋은 소스 주셔서 제가 오히려 더 감
사하죠. 일전에 그 삼겹살집으로 나오시죠. 제가 사겠습니
다.

"알겠습니다. 박철순 국장님과 날짜 맞춰보고 다시 연락드리겠습니다."

다음 날, 일간스포탈 1면에 검은색 벤츠 사건에 대한 기사가 실렸다. 그리고 다음날 오후 대학개혁위원 총회가 긴급 소집되었다.

청사 대회의실에 모인 위원들은 어리둥절한 표정이었다.

대개 총회는 한 달 전에 소집 통보된다. 그런데 이번엔 하루 전에 개별적으로 연락이 왔다. 그래서 그런지 못 온 사람들이 좀 있었다.

윤우도 어제 전화를 받았다. 교육부의 남시욱은 진중한 목소리로 참석을 부탁했다. 긴히 논의를 해야 할 문제가 있다고 했다.

대강 그게 뭔지 윤우는 알고 있었다. 아마 오늘 참석하지 않은 한동진 위원장과 관련이 된 일일 것이다.

'아마 위원장 교체 건으로 소집이 된 거겠지. 장관 입장에서는 한동진 위원장도 도마뱀 꼬리일 뿐이니까. 사퇴를 종용했을 거야.'

윤우는 정계에 대한 환멸을 다시금 느꼈다. 필요가 없어지면 즉시 내쳐지는 세계. 도무지 이해할 수가 없는 곳이었다.

개회를 5분여 남기고 차성빈 교수가 모습을 드러냈다.

그는 좌석에 가방을 내려놓고 빙 돌아와 윤우에게 말을 걸었다.

"어제 올라온 기사 봤나? 한동진 위원장의 스캔들 기사가 났더군. 아무래도 그거 때문에 위원회가 소집된 것 같다."

"예. 그 기사, 아는 기자님이 쓰신 겁니다."

"설마 그것도 네 작품인가?"

차성빈 교수가 조용히 물었다. 남이 들어서는 안 되는 질문이었다. 윤우는 그 질문에 씨익 웃기만 했다. 그 웃음의 의미는 명백했다.

"넌 정말 무서운 친구야. 뭔가 낌새가 이상하다 싶었는데 역시나였군."

"선생님을 따라가려면 멀었습니다."

"칭찬으로 들으마."

두 사람은 가벼이 웃었고, 차성빈 교수가 다시 자신의 자리로 돌아갔다.

잠시 후 교육부의 남시욱이 안으로 들어왔다. 주변을 둘러보며 빈자리를 체크하고는 한숨을 내쉬었다.

"생각보다 많이들 안 오셨군요."

"전날에 연락을 주는 게 어디에 있나? 다들 못 올만 하지."

"나도 약속을 취소하고 온 거야. 중요한 약속이었는데. 쯧."

"그건 그렇다 치고 무슨 일로 우릴 부른 겁니까?"

위원들이 한꺼번에 불만을 쏟아내기 시작했다. 남시욱은 손바닥을 보이며 그들을 진정시켰다.

"지금부터 제가 차근히 설명을 드리도록 하겠습니다. 그러니까 다들 조용히 들어 주세요."

남시욱이 이마에 흐르는 땀을 닦으며 마이크를 들었다.

"실은 어제 오전에 한동진 위원장이 위원회에서 사퇴하겠다고 연락을 해왔습니다."

"사퇴를?"

"왜?"

대회의실이 소란스러워졌다. 특히 한사협 출신들의 얼굴엔 당황한 기색이 역력했다.

나이가 지긋한 백발의 위원이 남시욱에게 물었다.

"사퇴한 이유가 뭔가?"

"그건 저도 잘 모르겠습니다. 일신상의 이유로 사퇴를 하겠다는 말씀만 하셨습니다."

"뻔한 거 아닙니까?"

윤우가 끼어들었다. 모두의 시선이 윤우 쪽을 향했다. 윤우는 팔짱을 끼고 계속 말했다.

"어제 올라온 기사와 관련이 있을 겁니다. 강사법 개정을 막으려고 모 교수를 대학에서 내쫓으려고 음모를 꾸몄어요. 그런 자가 위원장직을 맡는 것은 말도 안 되는 일이지요."

"하지만 그건 찌라시같은 신문에 실린 기사였어. 그게 사실로 밝혀지지도 않았잖나? 뭔가 다른 사정이……."

윤우가 단호히 그의 말을 잘랐다.

"위원장에서 물러나겠다고 통보한 시점부터 그 혐의를 인정한 것과 다를 바 없습니다. 루머였다면 당당히 이곳에 출석을 했겠죠."

윤우의 일침에 아무도 이의를 제기하지 못했다. 그때 남시욱이 나섰다.

"아무튼, 중요한 건 그게 아닙니다. 오늘은 새로운 위원장을 선출해야 합니다. 그래서 여러분들을 모신 거구요. 다행히 정족수는 채워졌으니 지금부터 임시 투표를 실시하겠습니다. 혹시 이의 있으신 분 계십니까?"

아무도 이의를 제기하지 않았다.

나이 든 위원 몇몇이 양복의 옷깃을 바로 잡으며 헛기침을 했다. 자리를 한번 노려보겠다는 의지의 표현이었다.

남시욱이 말했다.

"일단 입후보자 추천을 받겠습니다. 본인 추천도 가능하니 입후보를 원하는 분은 손을 들어 주세요."

윤우가 손을 들었다.

"김윤우 위원님. 본인 추천이십니까?"

"아뇨. 다른 분을 추천하겠습니다. 한국대학교의 차성빈 교수님을 추천합니다."

"간단히 이유를 말씀해 주시죠."

"한국대학교는 국립대학입니다. 때문에 대학 개혁과 관련해 어떠한 이해관계도 얽혀있지 않습니다. 그리고 대학 교수이신만큼 현재 대학이 어떤 문제점을 안고 있는지 잘 알고 계시리라 생각합니다. 그래서 추천합니다."

"알겠습니다."

차성빈 교수는 재미있다는 표정을 지었다. 그는 윤우가 자신을 추천할 줄은 꿈에도 생각지 못했다.

그 이후로 세 명의 위원들이 본인 추천으로 입후보했다. 남시욱이 미리 준비한 투표용지를 꺼내 위원들에게 나눠주기 시작했다.

위원들의 수가 적어 투표와 개표는 순식간에 이루어졌다. 결과는 차성빈 교수의 압도적인 승리였다.

"그럼 차성빈 위원님을 차기 위원장으로 선임하도록 하겠습니다. 축하드립니다."

위원들이 박수를 쳤다. 차성빈 교수는 위원장석으로 자리를 옮겼다. 원래 위압감이 넘치는 사람이라 그런지 그 자리가 굉장히 잘 어울렸다.

차성빈 교수가 마이크를 잡았다.

"저는 전임 위원장과 전혀 다른 노선을 걸을 겁니다. 여러분들의 의견을 최대한 수렴할 것이고, 데이터에 입각하여 판단을 내릴 겁니다. 그런 의미에서 우리가 지금까지 논의했던 모든 것은 백지로 돌립니다."

장내가 시끄러워졌다. 위원들이 인상을 찌푸리며 불만을 토했지만 차성빈은 개의치 않고 말을 계속 이었다.

"우선 강사료 인상안부터 다시 검토를 합시다. 김윤우 위원. 관련 발제를 부탁합니다."

"알겠습니다."

윤우가 마이크를 잡았다. 그의 책상에는 일전에 윤보현 총재에게 건넸던 리포트가 준비되어 있었다.

총회를 마치고 밖으로 나오자 어떤 중년의 사내가 윤우에게 접근했다. 그의 양복 옷깃에는 한국당을 상징하는 배지가 붙어 있었다.

"일이 잘 풀린 모양이군요."

그의 말에 윤우는 고개를 끄덕였다. 이제 한동진 이사는 위원장직에서 물러났고, 한사협 이사직에서도 버티지 못하고 해임될 것이다.

"이게 다 박 후보님 덕분입니다."

"제가 뭐 한 게 있나요."

두 사람은 그제야 반갑게 악수를 했다.

중년의 사내는 한국당의 박영호라는 사람이었다. 이 사람이 이번 강남구 보궐선거에 나갈 진짜 후보였다.

두 사람은 청사 밖으로 나가 조용한 곳으로 자리를 옮겼다. 주변을 한번 둘러본 박영호가 입을 열었다.

"그나저나 괜찮겠습니까? 공천을 사퇴하면 김 교수님의 이미지에 꽤 큰 타격이 있을 텐데요. 최근 언론에 자주 얼굴을 비추셨으니까요. 반발심이 클 겁니다."

"걱정해 주셔서 감사합니다만 전 괜찮습니다. 세상 모든 일엔 대가가 따르는 법 아니겠습니까?"

그것은 이미 윤보현 총재가 경고했던 일이었다. 처음부터 윤우는 공천 사퇴에 따르는 모든 불이익을 감수할 생각이었다.

"왠지 철학적인 답변이군요. 담배 태우십니까?"

"아뇨. 전 괜찮으니 피우셔도 됩니다.

박영호는 담배에 불을 붙였다. 그는 한동안 말없이 연기를 내뿜기만 했다.

"아무튼 양보해 주셔서 감사합니다. 쉽지 않은 결정이셨을 텐데요."

박영호는 씨익 웃으며 고개를 가로저었다.

"저야 뭐 총재님 지시에 따를 뿐이니까요. 사퇴를 안 하시면 어쩌나 걱정을 하긴 했습니다만…… 총재님이 보증을 해 주셨으니 크게 염려는 하지 않았습니다."

"선거 준비는 잘 하고 계시고요?"

"준비야 당에서 잘해주고 있지요. 저보다는 김 교수님이 준비를 잘하셔야 할 것 같습니다. 한동안 언론이 시끄러울 겁니다."

"그 정도도 이겨내지 못하면 사내라고 할 수 없겠죠."

당당한 윤우의 말에 박영호가 시원하게 웃음을 터트렸다.

그렇게 두 사람은 헤어졌다. 윤우는 명인일보에 들러 박철순 국장과 간단히 공천 사퇴 인터뷰를 했다. 내일이면 언론에서 난리가 날 것이다.

인터뷰를 마친 윤우는 곧장 집으로 돌아왔다.

"다녀왔습니다."

"어서 와."

윤우는 아내의 뺨에 입을 맞췄다. 그녀는 평소보다 기분이 좋아 보였다. 윤우는 안방으로 들어가 옷을 갈아입으며 물었다.

"뭐 좋은 일이라도 있었어?"

"응. 아까 낮잠을 잤는데 좋은 꿈을 꿨거든."

"좋은 꿈? 무슨 꿈이었는데?"

"자기가 대통령이 되는 꿈을 꿨어. 나는 영부인이 되고. 근사한 리무진을 타고 청와대로 들어가는 꿈이었어."

윤우는 한숨을 내쉬었다.

"자기 요즘 드라마 너무 많이 보는 거 아냐?"

"아니야! 아무튼…… 진짜 대통령이 된다는 게 아니라 자기가 성공한다는 그런 의미 아니었을까?"

"그래서 기분이 좋았구나?"

가연은 고개를 끄덕이며 생긋 웃었다. 윤우는 아내의 머리를 쓰다듬어 주었다.

아내는 이타적인 사람이다. 그게 자신의 꿈일 수도 있는데, 늘 좋은 꿈을 꾸면 남편부터 챙기고 본다. 이런 사람은 세상에 또 없을 것이다.

윤우가 말했다.

"그건 내가 아니라 자기가 성공하는 꿈이야."

"내가?"

"그래."

가연이가 왜냐고 물었지만 윤우는 대답하지 않았다. 옷을 다 갈아입고 거실로 나왔다. 가연이가 뒤를 따랐다.

"왜 얘기를 하다가 말아?"

"잠깐 앉아봐."

가연이가 윤우의 옆에 앉았다. 윤우가 말을 아끼자 그녀는 긴장했다. 뭔가 진지한 말이 나올 것 같았다.

"실은 아까 민경원 총장님이 전화를 하셨어."

"총장님이? 왜?"

"너 신화대 교직원 공채에 지원했다면서. 이력서 봤다고 하시더라."

"아……."

가연은 신화대에 지원했다는 것을 일부러 윤우에게 말하지 않았다. 자신의 진짜 실력을 한번 시험해 보고 싶었던 것이다.

윤우는 왜 자기에게 말하지 않았냐고 묻지 않았다. 이미 아내의 마음은 훤히 꿰고 있었다.

"다음 달부터 출근하라고 하셨어."

"응?"

"합격이라고. 아직 자기한텐 연락 안 갔나 보구나? 아무튼 축하해. 이제 대학에서 같이 일하게 됐네."

가연은 윤우의 품에 와락 안겼다. 혹시나 탈락하면 어쩌나 싶었는데, 일이 잘 풀려서 기뻤다. 무엇보다도 남편과 함께 있을 수 있다는 것이 너무 좋았다.

"하나 약속해 줄 수 있어?"

윤우가 진지하게 물었다. 가연은 품에 안긴 채 고개를 끄덕였다.

"내가 여학생들하고 같이 다녀도 질투하지 마. 알지? 국문과에 여학생들 많은 거."

"그건 좀 생각해 볼게."

가연은 단호히 답했다. 윤우의 입에서 한숨이 흘러나온

다. 왠지 쉽지 않은 교직생활이 될 것 같았다.

◆

2013년 12월, 윤우에게 기쁜 소식이 하나 들려왔다. 그가 '올해의 젊은 교수상'을 수상하게 된 것이다.

대한민국 학술원장이 직접 윤우에게 표창과 상금을 수여했다. 관객석에서 그 장면을 지켜보던 슬아는 진심을 담아 박수를 쳤다.

꽃다발과 표창장을 품에 안고 윤우가 다시 자리로 돌아왔다.

"기분이 어떠니?"

"생각보다 별거 없는데? 아무렇지도 않아."

"너 거짓말이 꽤 늘었구나."

윤우는 변명하지 않았다. 역시 슬아의 눈은 속일 수가 없었다.

'올해의 젊은 교수상'은 한국을 대표하는 신진 교수에게 수여되는 상이었다. 당연히 기분이 날아갈 듯했다. 이제 승승장구하는 일만 남은 것이다.

"참, 강사법 개정은 어떻게 됐어? 국회에서 논의되고 있다고 들었는데."

"차성빈 선생님 덕에 잘 풀렸어. 내년부터 강사료가 인상될 거야. 최저 지급 기준도 마련될 거고."

"바뀐 건 그것뿐이지?"

윤우는 고개를 끄덕였다.

대학개혁위원회에서 시간강사를 위해 많은 법안을 마련했었다. 하지만 정작 국회에서 통과된 것은 강사료 인상안뿐이었다.

실망스러웠지만, 첫술에 배부를 수는 없는 법이다. 과한욕심은 화를 부르는 법. 윤우는 천천히 하나씩 바꿔나가기로 결심했다.

시상식이 모두 끝나고 학술원장의 연설이 시작되었다.

그때 뭔가를 느낀 윤우가 고개를 뒤로 돌렸다. 어두컴컴한 무대 뒤에서 누군가가 자신을 바라보며 서 있었다.

"잠깐 화장실 좀 다녀올게. 이것 좀 맡아 줘. 꽃은 너 가지고."

"알았어."

윤우는 꽃다발과 표창장을 슬아에게 건네고 자리에서일어섰다. 그리고 빠른 걸음으로 무대 뒤로 올라갔다.

"언제부터 보고 있었던 겁니까?"

"잠깐 나갈까?"

악마 같은 사내는 묘한 미소를 지었다. 그렇게 두 사람은 연회장에서 나왔다.

'뭐야?'

순간 윤우는 이질감을 느꼈다.

잠시 멈춰서 주변을 빠르게 훑어보았다. 사람이 아무도 보이지 않았다. 마치 세상에서 사람들이 모두 사라진 것 같이 황량했다.

뭔가 일이 잘못된 것이 분명했다.

"무슨 속셈입니까?"

"아아, 역시 자네는 눈치가 빨라서 마음에 들어. 인간답지 않은 천부적인 직감을 가지고 있군."

사내가 간사한 미소를 지었다. 불안감에 휩싸인 윤우는 다시 연회장으로 돌아가려고 했다. 하지만 발이 떨어지지 않았다.

"어째서……."

"잊은 건 아니겠지? 자네와 나의 계약이 아직 끝나지 않았다는 걸."

사내가 손을 올렸다. 손바닥이 정확히 윤우를 겨냥했다.

문득 생각나는 장면이 있었다. 악마 같은 사내와 처음 계약을 했던 바로 그때. 이제 저 손에서 피처럼 시뻘건 빛이 뿜어져 나올 것이다.

"무슨 짓입니까! 당신은 계약의 대가로 영혼을 빼앗아 가지 않는다고 했잖습니까?"

"그렇지. 자네에게 조금의 즐거움을 얻어갈 뿐이었지."

"그런데 왜 이런 짓을!"

"자네는 성공을 거뒀어. 축하할 만한 일이지. 하지만 그것은 나에게 즐거움을 주지 못해. 이제 새로운 즐거움을 찾아 나설 때지."

순간 윤우의 머릿속에 아내의 모습이 떠올랐다. 첫째 하은이와 둘째 시은이의 모습도.

억울했다.

하지만 윤우는 속박에서 벗어날 수 없었다.

화악!

그렇게 사내의 손에서 붉은빛이 쏟아져 나왔다. 빛에 휩싸인 윤우는 정신을 잃고 말았다.

〈9권에서 계속〉

" 캐릭터가 사망하였습니다.
리스폰 하시겠습니까? "

리스폰

Respawn

NEO FUSION FANTASY STORY & ADVENTURE

베어문도넛 퓨전 판타지 장편소설

불치병에 걸린 **최시우**는
극심한 고통 끝에 죽을 운명이었다.
그 고통에서 벗어나고자
가상현실게임에 빠져 살던
시우는 죽음을 맞이하게 되는데─

낯선 세계에서 부활한
시우의 생존투쟁기!
그의 눈앞에
새로운 세계가 펼쳐진다!

※ 출판 일정에 따라 출간일은 변경될 수 있습니다.